# 0칼로리의 날들

# 0칼로리의 날들

1판 1쇄 발행 2025년 1월 31일

지은이 헤이란

펴낸곳 책과이음
대표전화 0505-099-0411
팩스 0505-099-0826
이메일 bookconnector@naver.com
출판등록 2018년 1월 11일 제395-2018-000010호

홈페이지 https://bookconnector.modoo.at/
페이스북 /bookconnector
블로그 /bookconnector
유튜브 @bookconnector
인스타그램 @book_connector
독자교정 서지음 선혜련 이지애



책값은 뒤표지에 있습니다.
잘못 만들어진 책은 구입하신 서점에서 교환해드립니다.

ISBN 979-11-90365-74-1 03810

**책과이음 : 책과 사람을 잇습니다!**

# 0칼로리의 날들

헤이란 지음

실패가 두려운
만년 다이어트 신용 불량자의 행복한 미식 여정

책과이음

# 사람은 무엇을 먹고 사는가

## 프롤로그

원래는 다이어트 성공기를 쓰고 싶었다. 성공한 다이어터가 되는 게 목표였고 눈물 나면서도 그럴듯한 수기를 써서 주변의 칭찬과 존경을 얻는 걸 상상하곤 했다. 물론 셀 수 없을 만큼 많은 정보와 광고가 떠다니는 다이어트 대국 대한민국에서 "저, 요즘 체중 관리해요"라고 말해도 으레 인사치레로 하는 말인 줄 알고 대수롭지 않게 흘려듣는 사람들도 있었다. 그러나 다이어리를 주제별로 여러 개 쓰는 나에게 다이어트 일기장은 매년 잊지 않고 구매하는 필수품이었고 새해가 되어 한 번도 그 일기를 시작하지 않은 적이 없기에, 그 사실만으로도 나는 꾸준한 다이어터가 맞으며, 이 오랜 다짐과 기록으로 나의 다이어트는 언젠가 성공할 거라고 확신했다.

비장한 각오에도 불구하고, 나의 다이어트는 매번 창대하게 시작했지만 끝은 늘 조용했다. 입으로 들어간 모든 것들의 칼로리를 적고 "어차피 다 먹어본 맛이다. 그만 먹어라" 같은 강력한 동기 부여 글귀들로 도배한 처음 몇 페이지와 달리, 어느 지점부터는 내가 왜 그것을 먹을 수밖에 없었는지에 대한 해명과 핑계, 잦은 회식과 툭하면 먹을 걸 주는 혹독한 직장 내 간식 문화와 그 안에서 느끼는 다이어터의 소외감, 먹어도 살이 찌지 않는다는 식이 조절식의 진실과 음모론 따위로 얼룩진 찡그린 문장들이 자리하기 시작했다. 결국 3분의 1 정도 채워진 다이어트 일기의 나머지 페이지는 늘 말끔한 여백이었고, 그것은 말 그대로, 말이 필요 없는 엔딩이었다. 그러다 또 어느 시점부터 갑자기 펜 색깔이 밝아지고 문장이 활기를 찾더니 연말을 앞두고서는 다이어트 일기를 다시 쓰겠다는 다짐이 재등장하며 일기는 수미상관으로 마무리되었다.

늘 이런 일기 쓰기를 반복하면서 그나마 다행인 건, 뻔한 서사마저 몸이 기억하고 적응한지라 평균 체중은 사실상 그대로였고, 그 덕분에 요요 현상을 기록하는 번거로움을 덜었다는 점이다. 더불어 다이어트 수기는 내가 쓸 수 없는 종류의 글이라는 사실도 깨닫고 말았다.

다이어리에서 '성공한 다이어터'라는 목표를 지우다 우연히 '사람은 무엇으로 사는가'라는 문장이 눈에 들어왔다. 나의 목표 지향적 취향에 딱 맞는 문장이라 생각하고 적어두었던 것이다. '다이어트 수기'는 물 건너갔지만 목표를 하나 지우는 게 그다지 아쉽지 않았다. 오히려 사람은 무엇으로 사느냐는 질문을 뚫어지게 바라보던 나의 철없는 대뇌는 그 멋진 문장을 멋대로 재조합하기 시작했고, 급기야 '사람은 무엇을 먹고 사는가'라는 문장으로 인식됨과 동시에 평소의 버킷리스트가 순식간에 장바구니에 담기고 있었다. 나는 적이 당황했다.

나는 무엇을 먹고 사는가.

돌이켜보면 나는 유독 내가 먹은 것들을 기억하길 좋아했다. 칼로리를 계산하기 위해 나열한 먹은 것들의 흔적과 마트에서 사야 할 식재료 목록, 식사 약속을 다녀온

날의 소회를 적는 걸 즐겼다. 그 기록은 내가 먹은 것들을 기억하고, 더 나아가 함께 먹은 사람을 기억할 수 있게 해주었다. 그렇다 보니 나는 늘 먹는 생각으로 바빴다. 이 글을 쓰는 지금도 점심에 무엇을 먹을지 매우 궁금하다.

미래를 모르는 것이 행복한 이유 중 하나는 신이 인간에게 점심 메뉴를 상상하는 즐거움을 주기 위해서라고 해도 과언이 아니다. 그런데 이 즐거움이 생각보다 흔하지 않았다. 출근한 날 직장 동료들과 먹는 점심은 밥 동무들의 취향과 선택을 고려해야 했고, 다이어터로 둔갑한 날은 곡기를 끊고 퍽퍽한 살코기와 푸성귀를 소스 없이 입에 넣어야 했다. 점심으로 먹을 걸 고르는 즐거움 대신 먹을 수 없는 음식을 떠올리며 에너지를 쏟는 날이 더 많았다. 그러다 어쩌다 가끔 오늘 먹어야 하는 게 결정되어 있지 않은 날, 그러니까 내가 끌리는 것을 별다른 제약 없이 고를 수 있는 날이면, 나에게 있어 '무엇을 먹는가'는 '무엇으로 사는가'라는 물음만큼(혹은 그보다 더) 심오하고 처절한 질문으로 다가왔다.

'무엇을 먹는가'에 대한 대답이 품은 묵직함 때문이

었는지 나는 때때로 먹은 것들을 떠올리며 후회하거나 그 선택에 가담한 사람들을 원망했다. 먹어도 채워지지 않는 허기진 감정과 더부룩한 배를 어루만지며 매번 식이 조절에 실패하는 나 자신이 너무 역겹고 지질하다고 느꼈다. 신나게 먹는 시간이 지나고 나면 더 이상 즐겁지 않았다. 나는 '먹지 않아야 할 것'을 '또! 먹었다는 사실'에 갇혀 아무 맛도 기억할 수 없었다. 나는 그 당시 이렇게 적었다.

'정신 차려. 스낵을 고르는 것보다 진짜 나를 찾는 게 더 급해.'

◉

이것은 어느 무기無期 다이어터의 치팅데이에 대한 기록이다. 그리고 무엇을 먹을지 결정하는 즐거움과 그것을 온전히 누리는 성취감에 대한 고백이다.

나에게 치팅데이란, 숨 가쁜 하루를 달려온 나 자신에게 주는 특식이자 존중이다. 실패한 다이어트 반성문이 아닌, 금이 난 일상의 틈새를 채우는 단단한 미식의 여정이다.

사람은 무엇을 먹고 사는가.

수십 년간 고민해왔지만 나의 성찰과 식욕은 한없이 보잘것없기에 여전히 답을 찾아 헤매는 중이다. 다만 나에게 무엇을 먹고 사느냐 묻는다면 이렇게 말할 수 있지 않을까. 아마도 그건 수고했다며 차려내는 따뜻한 한 끼와 좀 더 힘내보자고 마시는 커피, 간절히 기다리며 참아낸 시간이 보상해주는 작지만 달콤한 열매일 거라고.

이 문장의 끝을 붙잡고 놓지 않은 채 묻고 또 묻는다. 나는 무엇을 먹고 사는가. 무엇을 먹고 싶은가. 그게 무슨 우스꽝스러운 질문이냐며, 먹고 싶은 것 좀 못 먹는다고 큰일이 나느냐는 주변의 비난에도 굴하지 않고 나는 먹는 일을 게을리하지 않으며 살고, 먹고 싶은 것에 대한 고민을 멈추지 않을 것이다. 그리고 아끼는 사람에게 기꺼이 물을 것이다. 당신은 무엇을 먹고 사는가.

# 차례

1부

실패자가 아닌 온전히 나를 위한 미식 로드

# 먹요일, 그게 뭐죠?

어서 와, 먹요일은 처음이지?

"여러분, 혹시 괜찮으시다면 제가 점심 메뉴를 정해도 될까요? 오늘이 치팅데이거든요."

오늘 점심시간을 알리는 목소리의 주인공은 Y였다. Y는 샐러드를 고집하는 팀의 막내다. 닭가슴살이나 과일과 채소를 챙겨 와 점심을 간단히 때우던 그는 오랜만에 밖에 나가서 같이 먹자고 동료들을 불렀다. 혹시 정해놓은 점심 메뉴가 없다면 자기가 정해도 괜찮은지 묻는 말투에는 왠지 모를 자신감과 환희가 섞여 있었다.

'치팅데이? 그게 뭐 하는 건데?'

그의 기쁨을 축하해주고 싶었지만, 난생처음 듣는 단어에 어떻게 말을 건네야 할지 망설였다. '-데이'로 끝나는 걸로 보아 아마도 무엇을 기념하는 날인 것 같은데. 설마 나만 모르는 건 아니겠지. 우려했던 대로, 다른 동료들은 "아, 정말요? 그럼 먹고 싶은 거 말해봐요"라며 이미 모두가 공감의 한 물결을 만들어내며 격한 파도 타기를 하는 중이었다. 나는 결국 대화에 참여하기 위해 어쩔 수 없이 손을 들어 화기애애한 분위기에 찬물을 끼얹는 본질적인 질문, 즉 '치팅데이란 무엇인가'라고 물어야 했다. 사람들은 복음을 전도하듯 그 어느 때보다 친절한 표정으로 설명을 해주기 시작했다.

치팅데이는 치팅cheating이라는 단어가 가진 본래 의미처럼, '속이는 날'이라고 했다. 다이어트를 하다 보면 우리 몸이 조절 식단에 적응하며 평생 그것만 먹을 거라고 기대하게 되는데, 그런 오해(?)를 풀어주기 위해 고열량 식단을 먹으며 우리 몸을 속이는 날이라는 거였다. 한마디로 특별히 스스로에게 먹을 것을 관대하게 허용하는 날, 안 먹기로 한 음식들을 자유롭게 먹을 수 있도록 풀어주는, 일시적 섭식 해방의 날이라고.

섭식 해방이라니. 앞서 그들이 장황하게 설명한 영양학적 근거는 한 귀로 흘린 채, 그저 영양 조절 식단이 아닌 자유로운 식사를 즐긴다는 부분에 집중했다. 다이어트를 해본 사람은 알 것이다. 식이 조절을 시작하면 그 어느 때보다 예민하고 외로운 시간을 보내야 한다는 것을. 누가 그런 이름을 붙여 '날'까지 만들었는지 모르겠지만 참 고마운 사람이라고 박수를 쳤다. 조금 더 사심을 담아, 이런 날을 한 달에 몇 번째 어느 요일로 공공연하게 지정해준다면 더 바랄 게 없다는 야심도 내비치면서.

나중에 알게 된 사실이지만 놀랍게도 치팅데이는 본래 다이어트와 관련된 용어가 아니었다. 원래의 시작은 마라톤 선수나 보디빌더들이 운동 퍼포먼스 향상을 위해 탄수화물을 이용하는 식단 방법이었다. 선수들의 피나는 노력을 치하하는 보상 수단이면서, 더 나아가 운동 결과를 개선하기 위한 비책이었던 것이다. 그러나 이토록 과학적인 전략도 나 같은 엉터리 다이어터 앞에선 속수무책이었다. 운동의 효과를 증대시키는 목적 대신, '이번에도 먹을 수밖에 없었다'라는 문장 뒤에 붙이는, 합리적인 미식의 근거로 이용될 예정이었다. 어떤 대식가의 말처럼 역시 '뛰는 놈 위에 먹는 놈이 짱'이었다.

Y는 점심 메뉴로 즉석 떡볶이를 선택했다. 그는 즉석 떡볶이 맛집을 알고 있다며 마치 최고의 맛을 정복하러 떠나는 탐험대의 리더처럼 앞에 나섰다. 서둘러 가자는 그의 말에 모두 일사불란하게 뒤에 서서 발걸음을 옮겼다. 다행히 오래 기다리지 않고 식당에 자리를 잡을 수 있었다. 우리는 인원수에 맞게 적당한 양과 맵기를 조율한 뒤 순대, 튀김 등 각종 사이드 메뉴를 추가로 주문했다. 즉석 요리여서 좋은 점은 일단 냄비가 곧바로 눈앞에 놓인다는 거였다. 순식간에 등장한 즉석 떡볶이 세팅 앞에서 Y는 이걸 너무 먹고 싶었다며, 같이 먹으러 와주어 고맙다고 연신 감탄사를 날렸다.

즉석 떡볶이 냄비를 둥그렇게 둘러싼 Y와 사람들은 국물이 끓어오르기를 기다리는 동지처럼 모두 한마음 한뜻으로 전골 냄비만 바라보고 있었다. 같은 곳을 같은 호흡으로 같은 바람을 담아 바라보는 우리의 모습이 우스꽝스러우면서도 편안하게 느껴졌다. 일로 만난 우리가 이토록 솔직해지는 시간이 있었던가. 끓어오르는 국물을 바라보는 우리의 눈빛은 사랑스러워졌고, 라면 사리를 넣기 전에 "괜찮으시다면 반으로 부술까요?"라고 묻는 Y의 섬세함에 깊이 고마워했다. 잊지 않고 볶음밥을 주문하는 Y를 보며 그가 온전히 그의 몸을 속이고 있다는 걸 확신했다. 그리고 머지않아 치팅데이가 구글 캘린더에 기본 항목으로 등장할지도 모른다고 생각했다. 이를테면 다이어트 공휴일, 혹은 다이어트 해방의 날.

식사 후 편의점에서 다 같이 아이스크림을 사 먹으며 Y의 '속이는 날'은 비로소 달콤하게 완성되었다. Y가 애용하던 스낵들의 이름을 떠올렸다. 대부분 '슈가프리'나 '글루텐프리'라고 적혀 있었는데 그 '프리'가 내게 더 익숙한 '프리'와는 달라서, 전혀 해방감을 느낄 수 없는 성질의 것이었다. 그러나 다시 생각해보니 어쩌면 Y는 긴 절제의 시간을 캡사이신 가득한 떡볶이 국물에 버무려 한입 가득 넣어 삼키며 치팅데이로 비로소 자유를 얻었다는 결론이 나왔다.

'프리'로부터 '프리'를 얻은 Y는 해방감이 조금 과했는지 몸이 나른하다고 했다. 갑작스럽게 고열량 식사를 하는 바람에 혈당 스파이크가 온 게 아닐까 걱정되었지만 저녁에 수만 보를 걸을 예정이라는 말에 걱정할 대상을 잘못 짚었다는 걸 깨달았다. 걱정할 사람은 나였다. 나는 Y보다 더 나른한 표정으로, 더 격한 해방감을 누리며 그의 치팅데이를 함께 마무리했으니까.

◉

치팅데이. 나중에 좀 더 찾아보니 우리말로 다듬으면 '먹요일'이라고 했다. 왠지 기특하고 멋져 보이는 이 단어를 또박또박 적으며, 어쩌면 오랫동안 나를 설명하는 말일지도 모른다고 생각했다. 그 유래가 어떻든, '먹요일'은 나에게도 비책이었다. 사실, 이름만 생소했을 뿐, 나는 오래전부터 이미 이 방법으로 몸을 속이고 또 속여왔다. 신조어인 줄 알았던 이 단어는 사실 내가 가장 많이 해오던 짓의 과학적인 정의이자 뻔뻔한 변명이었다.

풍부한 먹부림의 기억 속에서 내가 즐긴 음식은 종류와 형태, 그리고 이유마저 다양했다. 어떤 날엔 뭔가 어지러운 느낌이 들어서 달콤한 음식을 찾아 먹었고, 또 어떤 날에는 극심하게 우울해져서 피로 회복을 위해 삼겹살 같은 고기를 구워 먹기도 했다. 그러고 나면 상당한 죄책감에 빠지긴 했지만 나는 어김없이 다시 목표를 세웠고, 툭툭 털고 일어나 뛰었다. 한동안 어지럽거나 우울하다는 변명을 깊숙이 넣어둔 채.

'먹요일'을 만든 사람은 아마도 절제와 자기반성을 반복하며 원하는 결과에 도달할 때까지 거쳐야 하는 고달픈 사정을 잘 알고 있었을 것이다. 마치 힘겹게 언덕을 오르는 마라토너에게 물병을 던져주듯, 다이어터의 지루한 갈증과 결핍된 휴머니즘을 채워주고 싶었을 것이다. 우리에겐 오늘의 고통을 이겨낼 무언가가 필요하다. 퇴근하고 다시 동네를 걷고 있을 Y의 산책 코스 끝에는 다음 먹요일이 그를 기다리고 있을 것이다. 나 역시 나만의 속도로 퇴근길을 걸으며 수많은 해방의 순간을 기다리고 있다.

# 참을 수 없는 결심의 가벼움

우리는 꺼지지 않는 불씨다

뉴 밀레니엄 시대를 맞이한, 2000년의 어느 평범한 일요일 아침이었다.

당시 내가 살던 집은 정남향으로 동네 뒷산을 마주하게끔 지은 아파트였다. 집에 들어서면 햇살이 거침없이 쏟아져 들어오는 베란다가 단연 눈에 띄었다. 베란다 창문을 열면 뒷산 아래로 바쁘게 들어서는 아파트 재개발 공사 현장과 폐업 후 새로 개업한 가게 간판들이 한눈에 들어왔다. 여기저기서 새 천 년을 맞이하여 숨 가쁘게 단장하는 소리가 요란하게 울렸고, 언덕을 평지로 만들며 사방으로 흩날리는 분진이 베란다 전면 창에 자욱하게 묻었다.

세상은 제법 분주하게 돌아가는 중이지만 우리 집 풍경은 평소와 다르지 않았다. 2000년이 오든 말든 관심 없는 할머니는 베란다에 화분을 가지런히 줄 세우며 지난 90년대를 함께해온 화초들을 돌보았다. 세상의 소리가 모이고 식물들이 부지런히 산소를 만들어내는 이곳은 가족들의 쉼터였다. 특히 주기적으로 이곳에 방문하는 불청객이 있었는데, 바로 아빠였다. 아빠는 땅을 부수는 드릴 소리에도 아랑곳하지 않고 산소의 숲 너머에 서서 구름과자를 피웠다. 나는 아빠를 바라보며 말했다.

"아빠는 담배 끊을 수 있어?"

아빠는 군대에서 배운 이후로 한 번도 담배를 끊은 적이 없는 애연가였다. 베란다에서 매일 갓 만들어진 산소를 마시며 담배를 피웠다. 아빠가 십여 분을 서 있다 간 자리에는 타버린 재와 꽁초가 쌓였다. 무언가 골똘히 생각에 잠긴 날은 연기를 더 짙게 뿜어내기도 했다. 냄새를 빼려고 손을 저어보아도 연기는 베란다 구석에 단단히 자리 잡은 뒤였다. 나는 그 연기가 싫었다. 방향도 목적도 없이 퍼져나가는 공기의 배설물이 싫었다. 활활 타오르는 불꽃도 아닌 몇 초 뒤면 사라지는 담배 불씨도 싫었다. 크게 숨을 모아 후 불어 잿더미를 날려 보내도 볼품없게 덩그러니 남은 담배꽁초가 싫었다. 우두커니 쭈그려 앉아 담배를 피우는 아빠를 닮아서 싫었다.

담배를 피우는 장면이 뉴스에 자주 나왔다. 뉴스 속 사람들은 달력에 새로 등장한 '2000'이라는 숫자에 열광하고 있었다. 새로운 시대를 맞이하여 묵혀둔 결심을 하는 게 유행이라고 했다. 마음먹은 내용도 다양했다. 열심히 공부하겠다는 다짐. 부자가 되겠다는 다짐. 결혼하겠다는 다짐. 꾸준히 운동해서 건강해지겠다는 다짐. 그중에서도 이번엔 반드시 지키고 말겠다는 결심 중의 결심은 바로 금연이라고 했다. 아빠도 여러 번 금연을 망설였으나 한 번도 달라진 적이 없었으므로 아빠의 금연에 대한 기대는 없었다. 나와 동생은 장난기 섞인 목소리로 아빠가 금연하면 소원을 들어주겠다고 놀리듯 이야기했다. 돌아온 아빠의 대답은 의외였다.

"금연, 한번 해보지 뭐."

거짓말처럼 아빠는 그날 이후로 담배를 피우지 않았

다. 뿌연 연기가 걷힌 베란다에 쭈그려 앉은 아빠도 꽁초도 사라졌다.

◉

어느 날 아빠가 베란다에 서서 창밖을 바라보다가 말없이 밖으로 나갔다. 아빠가 몰래 나가서 담배를 피우고 온다고 생각하던 나는 추궁할 기회를 노리며 문 앞에 자리를 잡고 서 있었다. 몇 분이 지나자 아빠가 커다란 봉지를 들고 등장했다. 뻥튀기 과자였다.

"베란다 창으로 내다보니 뻥튀기 트럭이 왔더라고."

금연을 하면서 아빠는 주전부리를 사 오는 날이 많았다. 담배를 피우던 입이 허전한 모양이었다. 아빠는 마트 앞에 묶음 과자들이 진열되어 있으면 잊지 않고 챙겨 사 왔고, 나와 동생은 기다렸다는 듯이 거실로 나와 과자를 모두 펼쳐놓고 먹었다.

나는 금연의 장점을 새롭게 더 많이 알게 되었다. 아빠의 폐를 보호하고, 베란다의 화초를 검은 연기로부터 구해내는 것이 전부가 아니었다. 우리에게 일용할 간식을 주었으며, 아빠의 새로운 모습을 보게 해주었다. 내가 아는 사람 중 가장 의지가 강한 사람, 새 천 년 시대의 수많은 사람들이 포기한 가장 어려운 약속을 지키는 영웅의 모습을 바라보며 처음으로 결심의 위대한 힘을 믿기 시작했다.

결심의 사전적 정의는 '할 일에 대하여 어떻게 하기로 마음을 굳게 정함, 또는 그런 마음'이다. 무작정 단호하게 구는 고집과는 다르다. '할 일'을 위해 굳게 다지는 마음이다. 하지만 모두가 한 번쯤 경험해보았듯 목표를 정하고 그것을 이어나가기란 여간 어려운 노릇이 아니다. 특히 자존심만 강했던 나의 이십 대는 결심과 포기의 연속이었다. 끊임없이 남과 스스로를 비교하며 부족한 것을 찾았고 그 결핍은 다시 결심으로 이어졌다. 방학 동안 근육을 만든 지인의 이야기에 다음 날부터 새벽 운동을 가기로 결심했다. 유학을 다녀온 적 없는 선배가 영어를 유창하게 구사하는 걸 보고 자기 전에 한 시간씩 영어 공부를 할 거라고 결심했다. 누군가의 부러움이 되고 싶어 헬스장에 등록하고 영자 신문을 구독한 날, 뿌듯한 마음에 영수증을 모아 서랍에 넣었다. 시간이 지나고 다시 열어보며 나를 힘껏 안아줄 마음까지 담아서.

그러나 불끈 쥔 주먹은 일주일을 채우지 못하고 너덜너덜하게 힘이 빠지고 말았다. 결심의 상징은 그저 머리나 쥐어뜯는 못난이 주먹이 되고 말았다. 저녁에 친구들과 술을 마신 날이면 다음 날 새벽에 울리는 알람을 끄고 다시 잠을 자기 일쑤였다. 자기 전에 펼친 영자 신문은 생각보다 쉽게 읽을 수 없었다. 단어를 찾고 찾아 겨우 기사를 읽고 나서도 별다른 성취와 흥미를 얻지 못했다. 왜 새벽같이 일어나야 하는지, 왜 굳이 영어로 신문을 읽어야 하는지 스스로에게 물었지만 대답하지 못했다.

결국 횟수의 절반도 채우지 못하고 만료된 헬스장 회원증과 한 번도 꺼내 읽지 않은 신문들은 책상 밑 구석에 쌓여갔다. 꺼진 불씨처럼 까맣게 그림자가 드리운 자리에 억지로 구겨 넣은 결심의 잔재들은 마치 베란다에 쭈그러진 채 쌓였던 아빠의 담배꽁초 같았다.

다 헤아릴 수 없지만, 그 이후에도 선망의 대상이 되고자 저지른 충동적인 결심과 순식간에 찾아오는 후회의 흔적이 숱하게 많았다. 바람에 실어 날려버리고 싶었다. 갈 곳 잃고 부서져버린 목표들을. 흑역사를 잔뜩 버무린 나의 이십 대를. 연기처럼 사라지고만 도저히 참을 수 없는 결심의 가벼움을.

◉

포기의 아이콘이 되고 싶지 않아 한동안 새로운 일을 시도하지 않았다. '해볼까'라는 설렘보다 또 그만두었다는 실망이 더 견디기 버거웠기 때문이다. 그런데 재미있게도 결혼을 한 뒤로 나는 자발적으로 야식과 술을 끊겠다는 결심을 하게 되었다. 단 한 번도 야식과 술에 대해 진지하게 고민해본 적 없던 내가 마음을 바꾼 건 아이가 갑자기 꺼낸 말 때문이었다.

"엄마는 술이 그렇게 좋아?"

아이의 질문에 깜짝 놀랐다. 술을 좋아하냐는 질문도 아니고, 술이 '그렇게' 좋냐는 말 안에 담긴, 내가 미처 들여다보지 못했던 감정들이 밀려왔다. 바쁜 일과를 끝내고 집에서 마시는 맥주를 당연히 누려야 할 휴식이자 권리로 여겼다. 술은 그저 고단한 날을 끝낸 기념으로 지친 몸과 마음을 달래려고 마시는 것뿐인데 아이 눈에는 '맥주만 좋아하는 엄마'가 보였던 걸까. 나는 술을 좋아하지 않는다고 대답했지만 아이는 그 대답을 받아들이지 않았다. 엄마는 피곤한 날에도 맥주를 찾았고 기쁜 날에도 마셨다고, 아이가 단호하게 말했다.

"좋아하니까 매일 마시는 거겠지. 좋아하면 매일 보고 싶은 것처럼."

매일 하는 행위에 크게 의미를 두지 않았음에도 아이의 말을 쉬이 넘길 수 없었다. 어쩌다 매일 술을 마시게 되었을까. 업무 스트레스가 많아서 어쩔 수 없었다고 변명해보지만 그것이 반드시 술이어야만 했던 이유를 설명하기엔 어쩐지 궁색했다. 술을 좋아하지 않는 남편을 탓할 일도 아니었다. 사실 별 뜻 없이 매번 식탁에 두고 마시던 맥주였다. 왜 딱히 원하지 않는 일들로 의미 없는 시간을 보냈던 걸까.

무의식적으로 나를 파괴해온 습관들을 적어보았다. 아이 말이 맞았다. 술을 마신 건 그저 감정을 달래기 위함이었다. 술은 간헐적으로 그날의 감정을 상기하거나 기분을 마취하는 용도일 뿐, 해결책이 될 수 없음을 인정해야 했다. 결국 집에서 술을 마시던 습관을 버리기로 결심했다. 좋아하지 않는 일을 해보기로 결심하며 시간을 쓰고 다시 포기하는 삶을 살아왔다. 그런데 정작 내가 진정 원하는 일을 찾아 결심한 적이 있던가.

그러나 결심, 그것이 얼마나 경박한 단어인지 나는 알고 있다. 다시는 집에서 맥주를 마시지 않겠다는 다짐을 했음에도 불구하고 마트에서 장을 볼 때마다 여전히 맥주 코너에 눈길이 갔다. 무심히 지나치려고 노력하지만 세일 특가 광고와 새로 입고된 신상 맥주의 절묘한 조합은 왠지 오늘 저녁에 먹기로 한 치킨의 풍미를 더할 것 같은 상상을 불렀다. 나는 꾹 참고 돌아서며 나의 굳건한 자제력을 칭찬했다. 물론 치킨을 마주할 때마다 이제 영원히 집에서 맥주를 마실 수 없다는 생각에 묘한 억울함이 끓어올랐지만, 맥주 대신 사다 놓은 탄산수를 들이켜며 막힌 속을 달랬다.

◉

오랜만에 온 식구가 모인 주말 저녁이었다. 간편하게 배달 음식을 시켜 먹자며 주문한 것은 치킨이었다. 때마침 동생이 이럴 줄 알고 시원하게 놔두었다며 냉장고에서 맥주를 꺼내 오더니 내게 한 캔을 건넸다. 모두가 자기 앞에 놓인 치킨을 먹기 시작했지만 나는 내 앞의 맥주 캔을 쳐다보며 심각한 내적 갈등에 빠졌다.

"사실 이제 집에서는 술 안 마시기로 했는데."

안타깝게도 치킨을 발골하느라 바쁜 식구들에게 나의 말은 닿지 않았다. 그 말은 내 귀에만 꽂혔고, 순간 꾹꾹 눌러놓았던 억울함이 수없이 흔든 맥주 캔처럼 걷잡을 수 없이 솟아오르고 말았다.

"그래, 집에서 편하게 마시는 맥주가 최고지!"

균열된 결심은 희열의 거품이 되었다. 맥주를 한 모금 넘기자 오랜만에 들어온 알코올 향이 코안에 가득 퍼졌다. 아이고, 이번에도 난 망했구나. 번뜩 찾아온 자괴감에 서둘러 집에서 술을 마시지 않기로 했던 나의 결심을 다시 한 번 주절주절 털어놓았다. 놀림거리를 찾은 동생은 그러게 평소에 적당히 좀 마시지 그랬냐고 핀잔을 주었다. 예상했던 반응이었지만 한심한 마음이 드는 건 어쩔 수 없었다. 그러면서도 찝찝한 표정으로 한 손에 치킨 다른 한 손에 맥주 캔을 들고 놓지 못하는 나를 보며 잠자코 있던 아빠는, 내 옆에 맥주 한 캔을 더 끌어다 놓았다.

"원래 결심은 몇 번을 무너지면서 다시 또 세우는 거야. 기왕 무너진 거 즐겁게 해."

이번에도 싱겁게 끝나버리는 보잘것없는 결심에 자조하는 나를 보며 아빠는 싱긋 웃었다.

"원래 마음먹는다는 게 그래. 엄청난 일을 한다고 생각하면 엄두가 나지 않지. 그런데 그냥 가벼운 마음으로 한번 해보면 또 하루 이틀 가볍게 지나가거든."

돌이켜보면 아빠는 금연을 결심한 뒤로 담배를 피우던 시간을 소박한 일상으로 채워갔다. 아빠가 사 온 주전부리는 굳은 다짐을 응원하는 아빠만의 소울푸드였다. 결심은 잿더미 속에 숨은 불씨에서 시작했지만 마치 강냉이가 뻥 튀겨져 고소한 팝콘이 되듯, 꺼지지 않는 불꽃이 되어 우리 집 거실을 환하게 비추었다.

아는 것과의 이별은 쉽지 않다. 망각은 의지의 영역이 아니기에 새로운 경험이 자리 잡을 때까지 우리는 잊었다고 믿고, 모른다고 믿어야 한다. 해묵은 습관은 과거의 내가 선택한 시간들을 품고 있다. 그것을 부정하려면 내가 느끼는 아쉬움과 당시의 선택에 대한 반성, 그때의 나에 대한 용서가 필요하다. 그래야 비로소 결심을 이어나갈 힘을 얻는다.

완벽한 사람이 없듯 완벽한 결심도 없을 것이다. 얼마나 더 여러 번 무너질지 알 수 없다. 어떤 날엔 도저히 답답한 마음을 참을 수 없어 다시 맥주를 마시고 있을지 모른다. 그럴 때마다 목마름이 급해 나를 돌보지 않은 나를 마주하며 말없이 껴안아주고 싶다. 아빠가 수십 번의 아침을 담배로 태웠듯 나도 나에게 손을 내밀어 다시 해보자고 말할 수 있길 바란다. 나를 밝힐 불씨는 여전히 남아 있다. 참을 수 없는 가벼운 결심일지라도.

# 날카로운 첫 치팅의 추억

밥을 덜었지만
나는 그것을 보내지 아니하였기에

"어머나, 운동하시나 봐요? 몸이 정말 좋으세요."

같이 술을 마시던 일행이 화장실에 간 사이 혼자 앉아 있는데 누가 옆에서 말을 걸었다. 몸이 좋다고요? 제가요? 깜짝 놀라 고개를 돌리니, 아, 나를 두고 한 말이 아니라 옆 테이블의 대화 소리가 유독 크게 들렸던 것. 옆 테이블에는 유난히 체격이 좋아 보이는 근육질의 남자가 있었고, 나는 운동을 하시냐는, 몸이 정말 좋다는 칭찬의 대상이 그 사람임을 곧장 알아챘다. 운동을 꽤 전문적으로 하는 사람인가 보군. 다시는 말도 안 되는 질문에 설불리 반응하지 않기로 다짐하며 시선을 돌렸다. 어차피 나와는 다른 딴 세상 사정일 뿐이니까. 하지만 워낙 테이블 간격이 좁다 보니 어쩔 수 없이 그들의 대화를 조금씩 엿듣는 수밖에 없었다.

남자는 몸이 좋다는 말에 입술이 실룩거리고 다부진 근육만큼 숨기기 어려운 미소가 자꾸만 새어 나오는 탓에, 누가 보아도 지금 기분이 아주 좋다고 말하고 있었다. 그는 '있잖아-'로 시작하는 말을 열심히 이어갔고, 나는 일장연설을 엿듣고 싶지 않아 더는 신경 쓰지 않으려 핸드폰을 꺼냈다. 그러나 하필 그는 만취한 손님 중 가장 몸이 좋은 사람일 뿐 아니라 딕션이 좋은 사람이기도 했다. 좀처럼 끝나지 않는 자랑스러운 서사와 감격스러운 감정선을 유지한 채 그의 이야기는 계속 질주했다. 체지방과 근육량이란 단어가 그의 입에서 나올 때마다 나는 가시방석에 앉은 듯 따가운 기분이 들어 몇 번이나 의자를 고쳐 앉았다. 안 되겠다 싶어 무선 이어폰을 꺼내는 순간 그의 이야기는 절정에 다다르고 있었다.

"인생에서 내게 필요한 건 그냥 딱 한마디였어. 나보고, 끈질기게 운동해서 기어코 몸 만들어낼 녀석이라고 했던 말."

술 마시다 주워들은 거라지만 이 문장을 가볍게 흘려들을 수 없었다. 우리 주변엔 우연히 만난 한마디로 인해 시작되는 일들이 얼마나 많던가.

내게도 그런 경험이 있었다. 외모에 관심이 없던 나는 아주 우연히 다이어트를 시작하게 되었다. 수능을 끝낸 한가로운 주말, 머리를 하러 미용실에 가니 원장님이 내게 다짐을 받듯 물었다.

"수능 봤다며? 대학생 되려면 이제 살 빼야겠네."

원장님은 단골손님에게 꿀팁을 주겠노라며, 자신이 머리카락을 책임졌던 수많은 대학생들을 기억에서 소환해냈다. 그러면서 대학에 붙으면 이제 다시 원점이니 지금부터는 성적순이 아닌 매력순이라고 재차 강조했다. 일단 오늘부터 먹는 걸 조절하고 매일 유산소 운동을 하라는 말에 입을 다물지 못한 채 고개만 열심히 끄덕였다. 그것이 나에게 온 첫 번째 한마디였다.

그렇게 다이어트를 시작하며 나는 이제까지와 다른 새로운 다짐을 적었다.

'난 반드시 다이어트에 성공한다.'

지금까지 책상에 붙어 있던 종이에는 '수능 X등급, XX대학교 입학'이라고 쓰여 있었다. 독서실에서 졸릴 때마다 수험생 컴퓨터용 사인펜으로 몇 번이나 덧칠하여 완성한 대입 염원의 혈서였다. 나는 한때 인생의 전부라고 생각했던 흑백의 소망을 떼어내고 새 다짐문을 붙였다. 보라색 형광펜을 써서 가볍고 발랄한 글씨체로 적은 목표가 제법 마음에 들었다. 이제 목표를 달성하고 깃털처럼 가볍게 대학생활을 하는 것만 남아 있었다.

당시 내가 정한 구체적인 목표는 고등학교 졸업식 날까지 체중 5킬로그램 감량이었다. 5킬로그램이면 1천 밀리리터 콜라를 다섯 병 정도 합친 무게였다. 이만큼의 살덩어리를 없애려면 도대체 얼마나 덜 먹고 더 움직여야 하는지 가늠이 되지 않았다. 일단 평소 먹던 양의 절반만 먹고 저녁마다 한 시간씩 빠른 걸음으로 걷기로 했다. 계획을 다이어리에 적기까지 모든 게 순조로웠다. 그리고 그날 저녁 식사 자리에 앉기 전에 앞에 놓인 밥공기를 들고 가 밥솥에 절반을 덜었다. 그런데 그 순간 할머니가 버럭 화를 냈다.

"반찬이 부실해서 그러냐? 밥을 먹기도 전에 다 덜어

내 버리고. 반찬을 먹어보지도 않고."

"아뇨, 그런 게 아니고요. 저 이제 다이어트를 해야 해서 그래요. 이해해주세요."

덜컥 시작한 다이어트와 함께 처음으로 밥상머리 규칙을 어겼다. 할머니가 주신 밥을 절반 이상 덜어내고 체중 감량에 해가 되는 반찬은 모두 거부했다. 콩나물과 김, 김치에 밥 반 공기. 할머니는 그렇게 먹다가는 뼈다귀만 남은 채 말라 죽을 거라며 혀를 찼고, 엄마는 굳이 그렇게 못 먹을 반찬으로 치부하며 가려 먹어야 하냐고 꾸짖었다. 하지만 인생 처음으로 내 몸을 위해 마음먹은 일을 거스르고 싶지 않았기에 밥상의 음식을 더 철저하게 가리고 제한했다. 그렇게 일주일이 지나자 순식간에 1킬로그램이 빠졌다.

체중이 준 경험 이후 나는 시도 때도 없이 체중계에 올라갔다. 할머니는 나더러 호강에 겨워 굶는 짓을 한다고 손가락질하면서 콩나물을 잔뜩 무쳐놓았고, 아빠는 내가 왔다 갔다 하는 모습을 쳐다보더니 말없이 체중계 건전지를 갈아 끼웠다. 엄마는 갑자기 무슨 바람이 들어서 저러냐고 궁금해하면서도 딱히 나의 기행(?)을 적극적으로 방해하지는 않았다. 주말마다 방에 과자를 쌓아 놓고 누워서 책을 읽거나 라디오를 듣던 아이가 스물이나 서른 살에도 그렇게 누워서 배를 두드리고 있을까 봐 은근히 걱정했는지도 모르겠다. 어쨌든 나의 첫 다이어트는 순조롭게 시작했고 잘 끝나는 줄만 알았다.

한 달 만에 3킬로그램을 감량하니 세상에서 다이어트가 가장 쉽고 뿌듯한 목표 같았다. 역시 열심히 해서 되지 않는 건 없다고, 인생은 성적순이 아니라 노력순이라고 힘주어 말할 수 있었다. 어릴 때부터 승부에 끈질기고 스스로 만든 약속에 다소 엄격한 성격이었다. 그것은 때때로 성적 따위의 숫자로 변환되어 타인에게 인정받는 계기가 되기도 했다. 다이어트도 마찬가지였다. 한 달 동안 엄격하게 식사량을 지키고 저녁마다 아파트 단지를 빠르게 걸으며 나름의 다이어트 루틴을 만들었고, 가족들은 역시 의지가 강하고 끈기가 있다며 손가락을 들어 엄지 척을 해주었다. 이제 목표 체중까지 남은 감량분은 2킬로그램. 간단했다. 아니, 간단할 줄 알았다.

어느 정도 체중 감량을 이룬 뒤부터 체중계에 올라갈 때마다 고개를 갸우뚱거렸다. 여전히 적게 먹고 저녁마다 빠르게 걷고 있는데 이상하게도 체중은 줄지 않았다. 다이어트 관련 책을 좀 더 찾아보니, 체중 감량은 계단식으로 이루어지기에 체중을 유지하고 다시 감량할 때까지 시간을 갖고 기다려야 한다고 했다. 마음이 초조해지기 시작했다. 내가 정한 기한인 학교 졸업식 전까지 목표 체중으로 감량해야 하는데, 무슨 계단이 그렇게 긴지, 2킬로그램의 구간은 끝날 기미가 보이지 않았다.

결국 대망의 졸업식 날. 친구들은 나보고 살이 쏙 빠졌다며, 이게 어찌 된 일이냐고 호들갑을 떨었지만, 사실 나는 목표를 달성하지 못해 속상했다. 그래서 얼핏 보면 학교를 떠나는 게 아쉬운 졸업생처럼, 빛나는 졸업장을 품에 안고 울상을 지으며 교문을 나섰다.

졸업을 축하한다며 가족들은 내게 무엇이 먹고 싶은지 물었지만 나는 섣불리 대답하지 못했다. 살을 빼야 한다고 말하고 싶었지만 목표를 달성하지 못한 주제에 다이어트를 한다고 변명하기 민망했고, 무엇보다 헛헛한 마음 뒤에 숨어 있던 나의 목소리가 작지만 계속해서 먹고 싶은 음식을 읊어대고 있는 게 들렸다. 치킨, 탕수육, 햄버거, 피자 등등. 가족들은 원래 졸업식에는 요리를 먹는 거라며 자연스럽게 짜장면과 탕수육을 주문했고, 나는 내 눈앞에 놓인 짜장면을 차마 덜지 못하고 그대로 먹기 시작했다. 몰라, 오늘은 입에 다 넣어버릴 테야. 짜장면 한 그릇을 깔끔하게 해치운 나는 탕수육을 소스에 다이빙시키며 경쾌한 '찍먹'을 시작했고, 정신을 차렸을 때 탕수육 접시는 이미 바닥을 보이고 있었다. 그 순간 어디선가 학교 종소리가 들려왔다. 영원히 고등학교에 다시 가지 않아도 된다는 졸업의 신호이자, 인생의 첫 다이어트가 끝났음을 알리는 종료음이었다.

그날 잠들기 전까지 몇 번이나 고민하다 체중계에 올랐다. 두근거리는 마음으로 체중을 확인했고, 결과는 놀라웠다. 정확히 3킬로그램이 늘어 있었다. 두 달 동안 그렇게 열심히 노력한 결과가 하루 만에, 아니, 단 한 끼를 먹었을 뿐인데 정확히 원래대로 돌아오다니, 믿을 수 없었다.

그렇다. 다이어트는 마음이 와르르 무너질 때까지 계단을 걷는 것이고, 가장 무서운 적은 그날 내가 입에 넣는 것들이었다. 감량의 목표 기한을 놓친 것에 더해, 감량에 실패하고 만 그날, 나는 완벽하게 제자리로 돌아왔다. 이제 더는 배고프다고 울부짖지 않는 볼록한 배를 두드리며 오래간만에 긴 잠을 잤다. 첫 다이어트의 실패였고 날카로운 첫 치팅의 순간이었다.

# 슬기로운 금빵생활

빵을 사랑하지 않는 자,
모두 유죄

출근하는 사람들로 붐비던 늦은 봄날, 사무실로 가느라 지하철 출구 밖으로 걸어 나가는 데 뭔가 쓱 눈앞에 나타났다. 다름 아닌 헬스장 광고 전단지였다. 이번에도 너로구나. 날이 뽀송뽀송하다 싶으면 어김없이 등장하는 빳빳한 종이였다. 미안하지만 난 관심 없어요. 코웃음을 치며 종이를 접어 버리려는데, 순간 헤드라인에 적힌 굵은 글씨가 유독 눈에 띄었다.

'개업 맞이 특가 할인. 특히 예비 신부 환영.'

가격을 사정없이 패대기친 것까진 여타의 광고와 크

게 다르지 않아 익숙한데, 예비 신부를 겨냥했다고? 마치 내가 엊그제 결혼식장을 계약하고 온 사실을 다 알고 있는 것처럼, 읽지 않고 넘어가기엔 자꾸만 뒤를 돌아 다시 읽게 되는 문장이었다. 상업화된 다이어트 시장을 비판하며 살은 절대 돈으로 빼는 거 아니라고, 두세 시간 걷고 밤새 노래를 부르며 그날 먹은 탄수화물을 활활 태우던 나는 결혼을 앞두고 유독 자본 투입에 관대해졌는데, 두 시간 예식에 드는 비용이 여차하면 수백만 원이다 보니 몇십만 원이라며 옆에 '특별 할인가'라고 적힌 PT 비용은 그저 깜찍하게만 느껴졌다. 게다가 '예비 신부'라는 키워드를 고른 편집자의 어휘에서는 결혼을 앞둔 이의 복잡한 심경과 상황을 이해해줄 것만 같은 공감 능력이 감지되었고, 환영한다는 말마저 참 다정하게 느껴졌다. 더 생각할 필요가 없었다. 마침 얼마 전 신용카드 한도를 힘껏 끌어올려놓은 나는 거침없이 헬스장을 찾아 걸어 들어가고 말았다.

화려한 조명이 켜진 공간에 들어서니 새것처럼 번쩍거리는 러닝머신에서 빠르게 걷고 있는 민소매 남성과 이어폰을 끼고 고속도로를 달리듯 사이클 페달을 돌리는 여성이 보였다. 그들 너머로 보이는 중년 남성은 유명 스포츠 브랜드 이름이 크게 적힌 손목 밴드를 차고 아령을 들고 있었다. 철컥거리는 쇠질 소리가 나서 쳐다보니 한 남성이 바벨을 들어 정리하고는 내 쪽으로 다가왔다. 키가 크고 체격이 어마어마한 그는 자신을 트레이너 D라고 소개했다. 어떻게 오셨냐, 직장인이시냐. 그는 원석을 다듬는 디자이너처럼 나를 요리조리 뜯어보며 물었다.

"결혼식이 언제라고 하셨죠?"

"이번 가을이요."

그는 달력을 넘기며 실질적으로 운동에 집중할 수 있는 기간은 석 달 정도이지만 어떤 결과도 만들어낼 수 있는 시간이라고 하면서 다만 회원님이 믿고 따라와주셔야 할 게 많다고 단서를 붙였다. 뭐가 가능하다는 건지, 뭘 믿고 따라야 하는 건지, 도통 그의 말을 알아들을 수 없었다. 게다가 테크노풍의 배경음악 소리가 너무 커서 자꾸만 정신을 흐렸다. 나는 눈을 찡그리며 "네? 네?" 하고 몇 번을 되물었지만 D는 그런 상황을 신경 쓰지 않으며 차분히 말을 이어나갔다. 그는 아직 등록도 안 한 내게 문장마다 '회원님께만 특별히'로 시작해 나에게 딱 맞는 프로그램이 있다고 특정 숫자나 단어를 거듭 언급했다. 특히 '딱 석 달'은 신입 예비 신부에게 주어진 수습 기간과 같아서 반드시 거쳐야 할 것들이 있으며, 그것들을 잘 버텨내야 한다고 큰 목소리로 강조했다.

"이제 석 달 뒤면 결혼식장의 주인공이 되실 거고, 인생에서 가장 마른 모습으로 사진을 남기실 거예요."

회원 가입 서류를 작성하다 온라인 카페에 떠돌아다니는 자극적인 제목들이 떠올라 잠시 망설였다. 기혼 월드에서 '나태지옥'이라는 기구에 탑승하려고 줄을 선 조마조마한 기분으로 탈까 말까 고민하는데, D가 신체검사를 해야 한다며 따라오라고 했다.

바이킹에 타려고 키를 재는 어린아이처럼 떨리는 마음으로 체중계에 올라섰다. 약 1분 동안 인바디를 측정하고 난 뒤 트레이너와 다시 상담 테이블에 마주 앉았다. 체중은 정상. 그나마 다행이라고 생각하고 있는데 D는 결과지를 한 줄씩 읽어나갔다. 체지방률이 높고 근육이 너무 적다고, 빨간 펜으로 숫자 주변을 한 번 휘감고 밑줄을 두 개 그은 그는 진단서를 쓰는 의사처럼 무어라 휘갈기며 빠르게 처방을 내렸다.

"12주 상체 집중 코스로 식이 조절 필수입니다."

이끌리듯 결제를 하고 나오며 두 주먹을 불끈 쥐었다. PT는 주 2회로 화요일과 목요일 점심시간에 하기로 했다. 완벽한 계획이라고 생각했다. 첫 PT날, 점심을 거른 채 유산소 운동을 20분 동안 하고 D의 우렁찬 구령에 맞춰 스쿼트를 했다. 투명 의자에 앉는 자세라고 간단히 열 번씩 3세트를 시키는데 그 폼과 강도가 중학교 품행 검사 때 받은 단체 체벌과 유사했다. 1시까지 사무실로 복귀하기 위해 기진맥진해서 늘어질 틈도 없이 아주 간단한 샤워만 하고 헬스장을 나서는데 다리가 후들거렸다. 엉금엉금 퇴장하는 내게 D는 이 순간부터 먹는 모든 음식을 적어서 문자로 보내라며 특별히 조심해야 할 음식 목록을 일러주었다.

"특히 빵 드시지 마세요. 알았죠?"

"왜 빵은 먹으면 안 되나요?"

"빵은 그냥 안 됩니다. 살 빼려면 빵 절대 드시면 안 됩니다."

D는 글루텐이 어쩌고 하면서 빵이 살찌는 데 가장 강력한 원인 제공 식품 중 하나라고 몇 번이나 강조했다.

빵 말고도 먹을 게 많으니 그냥 시키는 대로 하라는 그의 말에 뭔가 대꾸하고 싶은 기분이 들었지만 입도 뻥긋하지 못했다. 솔직히 내가 빵을 많이 먹긴 하니까.

'빵빵'거리는 D의 잔소리에 실컷 얻어맞고 나오는데, 문득 화가 났다. 아니, 빵이 그렇게 몸에 안 좋은 음식이라면 애초에 팔지 못하게 했어야지. 드라마에서 빵 먹는 장면은 왜 그렇게 실감 나게 찍어서 내보내는 거냐고. 우리 동네만 해도 최근에 생긴 동네 카페가 몇 개인 데다 빵 굽는 솜씨들은 또 얼마나 좋은지. 빵 공화국에 살면서 빵 먹는 게 잘못이라 하니 억울했다. 인도에서 카레 먹지 말라는 것과 다를 바 없었다.

'쳇, 그래 좋아. 빵 안 먹고 말지. 감히 나를 자제력 없는 한심한 회원 취급하다니. 나를 뭘로 보고 말이야.'

나는 단호한 D에게 단단히 삐쳤고 반드시 살을 빼서 그를 깜짝 놀라게 해주기로 마음먹었다. 그리고 (지금 생각해보면 밀당의 고수였던) D와의 정식 대결을 받아들이며 복수하기로 다짐했다. 나는 그가 시킨 대로 한동안 군말없이 내가 먹은 것들을 보고했다. PT도 빠짐없이 가서 낑낑거리며 시키는 운동을 모두 했다. 등에 근육이 붙고 있는 건지 알 수 없었지만, 가끔 D로부터 칭찬을 받으면 뿌듯한 마음에 어깨가 절로 으쓱했다.

점심시간을 고스란히 헬스장에서 보내고 온 나는 사무실로 돌아오면 늘 탕비실로 가서 냉장고 문부터 열었다. 우유와 주스가 있었지만 꾹 참고 찬물만 마시고 돌아서야 했다. 굶주린 배를 움켜쥐고 일하다 보면 오후 서너 시쯤 사내 간식을 챙기는 인심 좋은 동료들이 나를 불쌍히 여기며 견과류나 바나나 따위를 따로 챙겨주었다.

나는 그것이 빵이 아니어서 감사했고, 빵이 아니어서 슬펐다.

◉

그날도 업무가 바빴다. 해가 진 늦은 저녁이 되어서야 사무실을 빠져나왔다. 야근에 찌들어 식은 라면처럼 퉁퉁 부은 얼굴로 지하철역을 향해 걷는데, 종일 먹은 거라곤 김밥 한 줄뿐인 데다 사실은 여전히 스쿼트에 적응하지 못한 허벅지가 계단을 걸어갈 때마다 후들거리는 탓에 역사 입구 손잡이를 잡고 내려가는 할머니 뒤에 붙어 천천히 퇴근의 굴로 들어섰다.

그런데 별안간 갓 구운 당 입자들이 콧속 깊숙이 밀려 들어왔다. 이게 뭔가 싶어 킁킁거리니 빵 냄새였다. 종종 출퇴근할 때 간단히 식사를 해결하기 위해 지하철역의 ○○명과를 애용했다. 그곳은 단연코 냄새 마케팅의 달인이었다. 빵 나오는 시간이면 어김없이 버터와 밀가루 굽는 향기가 솔솔 풍겼다. 물론 PT를 받는 동안은 그 향긋한 냄새를 맡으면서도 강력한 유혹을 뿌리치는 법을 연습했고, 결혼식만 끝나면 맛있게 먹어주겠노라 다짐하며 지나가곤 했었다.

그러나 그날은 평소와 다르게 그곳 앞에서 발이 딱 멈춰 섰다. 맛있는 냄새를 맡는 순간 화가 잔뜩 나더니, "빵 먹지 마세요" 하는 트레이너 D의 잔소리가 들리는 것 같았다. 나는 그 순간 무엇을 입에 넣어도 죄책감을 느끼지 않을 눈빛으로 귀신에 홀리듯 매장 안으로 들어가고 말았다.

불가항력으로 들어서긴 했지만 당시 유행하던 커피번 하나만 살 생각이었다. 매장 한가운데 진열된 모카 향을 품은 둥근 헬멧 모양의 커피번들은 오븐에서 갓 나왔는지 바삭한 겉면으로 미세한 열기를 뿜어내고 있었다. 나도 모르게 터져 나오는 감탄사와 들뜬 마음을 감추고자 일부러 더 진지한 얼굴로 쟁반에 커피번만 담았다. 하지만 다른 수십 가지 빵들이 일제히 나를 쳐다보는 시선이 느껴져 좀체 발길이 떨어지지 않았다. 길게 진열된 쟁반 위 빵들이 뿜어내는 향기가 삽시간에 나를 스쳐 갔다. 그때부터 나는 마치 가위에 눌린 것처럼 넋 나간 얼굴로 이 빵 저 빵 쳐다보며 매장을 떠돌기 시작했다. 저승사자 같은 손으로 러스크와 쿠키까지 골고루 싹쓸이하여 쟁반에 담았다.

수북하게 쌓인 빵을 계산대에 내미는 순간 조금 정신이 들었다. 직원이 묻지 않았음에도 나는 굳이, 가족과 나눠 먹을 거라고 구매 사유를 명확히 밝히며(다만 이 사실을 가족에게 밝히지 않았을 뿐) 빵이 가득 담긴 봉투를 들고 나왔다. 양팔로 가득 끌어안은 빵들을 지긋이 바라보고, 냄새가 궁금해서 자꾸 봉투에 코를 묻다 보니 어느덧 집이었다. 평소였으면 씻고 자야 할 시간인데 무엇에 취했는지 갑자기 힘이 불끈 솟으며 잠이 달아나버렸다. 사무실에서 끝내지 못한 업무를 핑계로 노트북을 꺼내는 동시에 밤샘 노동을 위한 최소한의 섭식을 위해 빵 봉투를 열었다.

다음 날 아침에 눈을 뜨자마자 책상에 널브러진 빵 부스러기와 머그컵을 보며 혹시나 하는 마음에 빵 봉투를 열어보았다. 봉투에는 아무것도 남아 있지 않았다. 충격이었다. 빵이 빠져나간 봉지와 부스러기를 쓸어 담으며 나는 어젯밤의 모든 일이 꿈이길 바랐다. 모든 게 그저 사고였다고 스스로 머리를 쥐어박다가 친구들에게 문자로 이 사태를 털어놓았다. 그럴 수 있다고, 오늘부터 다시 잘하면 된다고 말하는 친구들의 위로에도 여전히 마음이 편하지 않았다. 급기야 나는 예비 신부들이 모이는 다음 카페에 '빵'과 '폭식'을 검색했고, 비슷한 사연을 온종일 읽고 나서야 이것이 비로소 누구나 겪는 일이라고 자위하며 마음을 추슬렀다. 그런 뒤 죄를 뉘우치는 마음으로 다음 카페 아이디를 '호구과자'로 바꾸었고, 가족과 친구들, 사무실 동료들에게 공식적인 금빵 선언을 했다.

그러나 아쉽게도 호구과자의 금빵 선언은 주말을 넘기지 못하고 종료되었다. 그 이유를 설명하려면, 인간의 본성을 논하지 않을 수 없다. 본래 인간은 사회적 동물이고 환경에 취약하다. 당시 나의 환경은 유독 다이어트에 부적합했는데, 다름 아닌 같이 사는 가족들의 식사 문화 때문이었다.

종친회를 챙기는 보수적인 집안답게 밥상머리 예절을 늘 강조하는 우리 집에서 가장 중요하게 여기는 예절 중의 예절은, 특별한 사정이 있는 경우를 제외하고, 아침 7시면 온 가족이 모여 앉아 식사를 하는 것이었다. 동생은 같이 술을 마시다 막차를 놓친 친구들을 종종 자기 방에 데려와 재웠는데, 동생과 친구들이 새벽 2시까지 술을 마시다 잠든 걸 알든 모르든 할머니는 아침 식사 시간이면 칼같이 그들을 깨워 콩나물국을 한 대접씩 따라주었다. 한쪽 눈만 겨우 뜬 상태일지라도 어찌 됐든 국을 떠먹어야만 식탁에서 벗어날 수 있는 주방 집권 체제는 포만감을 넘어 식구라는 책임감과 연대의식을 불어넣었고, 한 울타리에 사는 한 나 또한 그 밥상머리 문화를 수용하고 따라야 했다.

나 홀로 금빵 선언을 하고 맞이한 첫 일요일이었다. 우리 집에는 내가 미처 소개하지 않은 독특한 일요일 루틴이 있는데, 바로 아침 특식을 먹는 것이었다. 일요일은 평소보다 조금 늦게 일어나는 유일한 날이었다. 출근을 하지 않는 날이자, 할머니가 밥을 하지 않는 날이기 때문이다. 일요일 아침이 되면 우리는 저마다 주방의 특정 지점에 자리를 잡았다. 프라이팬에 버터를 칠하는 소리가 들리면 한쪽에서는 식빵을 뜯어 전달하고, 다른 한쪽에서는 다 구워진 식빵을 전달하는 시스템이 작동하기 시작했다. 엄마는 이게 창동역에서 파는 토스트랑 똑같다며 케첩을 듬뿍 넣은 빵-달걀-치즈-빵 조합을 접시에 담아서 1인 1토스트 기본 메뉴로 배급했다.

난 재빨리 해야 할 말을 외쳤다.

"오늘부터 빵을 먹지 않기로 했어요."

분명히 의사를 전달했으나 엄마는 토스트를 내 앞에 더 가까이 내밀었다. 이토록 고민되는 순간이 있었던가. 이걸 먹지 않으면 엄마가 민망하겠다는 걱정이 앞섰다. 자식이 입안 가득 탄단지(탄수화물, 단백질, 지방) 조합을 오물오물거릴 때 극대화되는 엄마의 기쁨이 사라지면 어쩌지. 그러면 엄마는 정성스레 만든 토스트를 거절당한 기분에 마음이 상할 텐데. 어느 한인 타운의 가정처럼 웨스턴 드림을 꿈꾸며 토핑을 아끼지 않은 패스트푸드를 다 같이 먹는 이 모던하고 화목한 자리에서 "저는 안 먹어요"라고 말하는 게 과연 옳을까? 불현듯 그런 불효를 저지를 수 없다는 생각이 들어, 나는 더 거절하지 않고 토스트를 입안 가득 밀어 넣었다. 입술에 케첩이 묻었다며 닦아주는 엄마의 표정은 무척이나 흐뭇해 보였다. 말없이 내 접시에 식빵을 하나 더 가져다 놓는 할머니의 움직임은 경쾌했다. 이토록 빵에 진심인 가족들이 내게 준 빵 터지는 미소에 나는 더 크게 입을 벌렸고, 마음을 열었으며, 금지된 빵의 문을 열었다. 더 활짝, 더 크게.

토스트를 거의 다 먹었을 때쯤, 트레이너 D에게 문자가 왔다.

[주말에도 유혹에 흔들리지 말고 식이 조절 해주시기 바랍니다.]

나는 심경이 복잡해졌다. 주말에도 굳이 문자를 보내는 D의 근면함이 마음에 들지 않았다. 불효는 피했으나 불경한 다이어터가 되고 말았다는 죄책감이 들었다. 여전히 고소한 버터향이 입안을 사르르 맴돌고 있었다. 빵가루를 털어냈지만 바삭바삭한 토스트의 질감이 손가락 끝에 남아 있었다.

솔직히 맛있는 게 죄는 아니지. 맛있다는 이유로 다이어터에게 외면받고 D의 미움을 산 빵에게 죄를 물을 수 없었다. 부족한 나를 만나 피가 되고 살이 (많이) 된 빵들에게 미안한 마음이 들었다. 안 먹은 척 거짓말하며 비겁하게 구는 대신 당당하게 참교육을 받기로 결심하며 D에게 문자를 보냈다.

[사실 저 토스트 먹었습니다.]

D에게 곧바로 답장이 왔다.

[어떤 토스트를 드신 거죠?]

나는 토스트를 보호하기 위해 자세한 언급을 피했다. 잘못한 건 나니까. 적당히 둘러대면 불편한 대화도 금방 끝날 줄 알았다. 그러나 D는 꽤 집요했다. 식빵에 버터를 발랐는지, 어떤 소스를 곁들였는지, 심지어 달걀물에 다른 채소를 넣었는지까지 추가로 질문하는 D의 문자들은 나를 재촉했고 결국 나는 한마디로 일축했다.

[엄마가 해주시는 걸 그대로 먹었어요.]

솔직하게 말하자마자 괜한 대답을 했다는 생각에 고개를 절레절레 흔들었다. 보낸 문자를 취소할 방법을 떠올렸지만 이미 늦었다. 우리 집 토스트 레시피까지 도마

위에 올린 건 명백한 실수였다. D는 단백질과 나트륨 함량까지 따져가며 우리 집 토스트를 잘근잘근 분해할 것이고 영양학적으로 형편없다는 쓴소리를 쏟을 게 분명했다. 그의 답장을 기다리는 시간이 길어질수록 답답함은 후회가 되고 후회는 미안함으로 번지더니, PT 등록을 왜 했을까, 결혼은 왜 하는 걸까, 라는 속절없는 원망을 하기에 이르렀다.

한참 동안 연락이 없던 D에게서 다시 문자가 왔다.

[잘하셨어요. 결혼식 전까지 가족들과 좋은 시간 많이 보내세요.]

예상치 못한 D의 답장에 숨이 크게 터져 나왔다. 그와 함께 내내 그를 미워하던 마음을 내려놓았다. 더불어 심란한 속도 모르고 토스트를 권하는 식구들에 대한 원망과 토스트를 향한 미안함, 그리고 그것을 다 먹은 나를 미워하던 마음도 내려놓았다. D가 말한 '식이 조절'에 담긴 비결은 어쩌면 균형 잡힌 영양소 섭취만이 아닐지도 모른다는 생각에, 일요일을 변함없이 엄마표 토스트 먹는 날로 새겨두었고, 그다음 주 화요일에 PT를 가는 발걸음은 한결 가벼워졌다.

12주 차 PT를 완료하고 다시 평범한 점심시간을 보내게 되었다. D의 말이 맞았다. 그가 이끈 12주의 대장정을 끝내는 동시에 인생에서 가장 마른 몸으로 사진을 남기며 결혼식도 무사히 마쳤다. 일상으로 돌아가자마자 금지된 빵들도 다시 만났고 깡말랐던 기록은 자연스럽게 역사의 뒤안길로 사라졌다. 간혹 청첩장을 주는 지인이 결혼을 앞두고 무엇이 힘들었냐 물으면 말없이 결혼 사진을 보여준다. 사진 속 젊고 말랐던 시절(비록 매우 짧은 기간이지만)을 떠올리며 결혼보다 무서운 건 점심시간마다 절뚝거려야 했던 스쿼트의 잔재와 빵들의 유혹이었다고 말한다. 감옥보다 무서운 금빵생활을 출소한 뒤, 지금껏 결혼의 축복과 진정한 해방을 누리고 있다고. 어쩌면 결혼의 행복은 그저 빵 하나만큼의 행복에 지나지 않는지도 모른다고.

# 완벽이란 벽을 넘어
# 저탄고지를 향해

우리는 실패자가 아닌 에이스다

독감 예방 접종을 하러 병원에 방문한 날이었다. 한 아이가 엄마 옆에 앉아 진료를 기다리고 있었다. 대기 공간 맞은편에 걸린 커다란 텔레비전 화면으로 건강 프로그램이 방영 중이었다. 체중 감량을 한 뒤 '요요' 증상으로 다시 체중이 늘어 고민인 환자의 사연이 나오자 아이는 엄마에게 물었다.

"엄마, 저 사람은 왜 다시 살이 찐 거야?"

엄마는 휴대폰에 신경 쓰느라 바빠 보였지만 아이에게 대답을 해주기 위해 텔레비전 화면을 흘낏 보더니 빠르고 짧게 답했다.

“응, 한마디로 말해서, 다이어트가 망한 거야. 실패한 거지.”

진료 순서가 다가온 아이는 엄마 손을 잡고 진료실로 들어갔고, 아직 순서를 더 기다려야 하는 나는 텔레비전 화면으로 다시 시선을 돌렸다. 내심 그 사연이 무엇인지 궁금하기도 했다. 무슨 사정이 있기에 이를 악물고 체중을 감량한 걸까. 또 그럼에도 불구하고 체성분 수치를 계속 유지하지 못한 데는 어떤 어려움이 있었을까. 사연이 절정으로 치달을 무렵 간호사가 내 이름을 호명하자 자리에서 일어나 진료실로 향하는데, 끝까지 보지 못하고 일어난 게 왜 이리 아쉬운지. 지나가다 잠시 구경하던 축구 경기에 한창 재미를 느끼던 중에 어른 손에 이끌려 어쩔 수 없이 돌아선 아이처럼, 텔레비전 소리라도 끝까지 붙잡아 들으려고 귀를 쫑긋 세웠다.

진료실에서도 마음이 급해졌다. 평소 같으면 “올해 독감 주사는 아픈가요?” 하며 엄살을 부릴 텐데 이번에는 두 손을 꼭 모아 쥐며 딴생각을 하고 있었다. 주사를 빨리 맞고 나가면 아까 그 사연을 마저 볼 수 있을까. 그 사람은 다시 건강해질 수 있을까. 역시나 이변 없이 너무도 따끔했던 접종을 마치고 대기실로 나오니 텔레비전에서는 이미 다른 방송이 흘러나오고 있었다. 어깨에 작은 반창고를 붙이고 병원을 나서는데 주사 맞은 느낌은 나지 않고 오히려 '한마디로 말해서 망한 거야'라는 말이 귓가에 맴돌아 머리가 지끈거렸다. 어떤 이의 오랜 노력이 단 몇 분 만에 '망한 다이어트'로 요약되고, 단 한마디로 실패한 인생이 되고 마는 건 지나치게 잔인한 결론인 것 같아서. 그날 내내 온몸이 욱신거리며 아팠던 건 어쩌면 독감 예방 주사보다, 한마디로 말해서 망했다는 그 따가운 무심함 때문이었는지도 모르겠다.

슬프게도 그런 뾰족한 말에 찔려본 게 처음이 아니었다. 어릴 적부터 매사에 의욕이 넘쳐서 이것저것 해보고 싶은 게 많았는데 그중 대부분은 실력이 늘지 않아 중간에 포기했다. 유치원에 다닐 적부터 배운 피아노는 열 살 무렵 체르니를 시작하자마자 그만두었고, 할아버지의 권유로 천자문을 떼겠다고 큰소리를 쳤지만 내 이름 석 자만 겨우 쓸 뿐이었다. 5학년 어린이날에 반에서 유행하는 롤러스케이트가 갖고 싶어 부모님을 졸랐지만 처음

그걸 신고 밖에 나간 날, 아빠 손을 놓지 못하고 벌벌 떨다 결국 벗어버렸고 그 후로 절대 꺼내지 않았다. 그럴 때마다 내게 오는 말들은 무심하면서도 날카로워서 내 마음을 깊숙이 찔러댔다. 피아노를 다시 배우긴 너무 늦었어. 천자문을 못 외우는 건 한자에 영 재능이 없다는 증거야. 롤러스케이트 제대로 타긴 틀렸으니 일찌감치 포기해. 한마디로 그건 이미 실패하고 망한 거라는 가벼운 단정의 말들.

어른이 되어서도 '한마디로 말해서 실패'하게 되는 것들이 버거웠다. 특히 '실패'에 힘이 실린 말을 들을 때면 가시처럼 뾰족한 악센트가 가슴을 콕콕 찔렀다. 무엇보다 다이어트를 할 때 더 많이 들었고 더 아팠다. 내가 다이어트를 시작했다고 하면, 그래서 얼마나 감량했냐, 운동량이 충분하냐, 식단 관리가 철저하냐 같은 질문이 쏟아졌다. 1킬로그램 정도 감량했다고 대답하면 누군가 오늘 저녁에 먹고 나면 그대로 도루묵이 될 거라며 비웃었고, 다이어트는 과학적으로 해야 한다며 수십만 원어치의 다이어트 보조법을 추천했고, 다이어트에 실패하는 이유를 수십 가지 나열하며 그게 나에게도 해당된다고 노골적으로 지적했다. 거절할 틈도 없이 밀려드는 과한 애정의 말들이 급하게 마신 물처럼 고통스럽게 명치를 때렸다.

아마도 잘되길 바라는 마음으로 건넸을 주변의 말들을 애써 외면하기로 했다. 아이를 낳고 난 뒤 꽤 오랫동안 그랬다. 다이어트를 시작하지도, 그렇다고 포기하지도 않은 채, 지금은 단지 제대로 하기 위한 준비의 시간이라고 믿었다. 미처 감량하지 못한 5킬로그램은 해마다 나의 덜어내기 1순위였지만 시작도 마무리도 하지 못한 상태로 미운 숫자가 되어갔고 그렇게 5년의 세월이 흘렀다. 숙제를 시작하지도 미룰 수도 없는 나는 실패가 무서운 완벽주의자였고, 내일부터 반드시 하겠노라 공수표를 던지는 다이어트 신용 불량자였다.

그러던 어느 날 정기 건강검진을 예약하라는 메일을 받았다. 원하는 날짜에 받으려면 일찍 예약하라는 당부에 마음이 급해진 나는 먼저 어느 항목으로 검진을 신청할지 찾아보기로 했다. 작년에 받은 건강검진 결과표를 열어보았다. 체중은 '정상' 범위 안에 있지만 체지방은 너무 많고 근육량은 너무 적어서 그래프가 시소를 타듯 중심을 잃고 휘청거렸다. 검진 결과지의 하이라이트인 종합 소견에는, 대체로 평이하다는 설명 사이사이 굵은 글씨체로 적힌 간 수치와 췌장 종양 표지자 수치에 대한 조심스러운 경고가 눈에 띄었다. 무심결에 지나쳤던 피드백을 뒤늦게 발견한 나는 그 숫자들이 나를 무섭게 노려보는 것 같았다. 정상 범위임을 나타내는 선을 넘은 그래프가 핏자국처럼 검붉은 색을 입고 나에게 이렇게 단호히 말할 것만 같았다.

"당장 큰 병원으로 가시오."

단 몇 초 사이에 죽음의 문턱을 떠올린 나는 지금이 바로 시작할 때임을 직감했다. 어쩌면 성공과 실패보다 더 중요할, 가슴 뛰는 시작이 필요한 순간이라는 걸.

그렇게 시작한 다이어트는 늘 그랬듯 쉽지 않았다. 다이어트는 저항이었다. 평생 즐겨 먹던 식습관과 변화가 달갑지 않은 관성과의 싸움이었다. 그리고 나의 결심을 의심하는 모든 것과의 냉전이었다. 운동해봐야 아플 사람은 다 아프더라. 오늘 같은 날에도 유별스럽게 굴어야 하냐. 먹다 죽은 귀신이 때깔도 좋다. 뭘 그렇게 먹는 것 앞에서 깐깐하게 구냐, 어차피 죽고 없어질 몸인데. 인생의 덧없음과 허무를 뒤집어쓴 말들은 투명한 가시처럼 예고 없이 다가와 말없이 상처를 남겼다.

그런 핀잔과 시선에도 화내지 않고 묵묵히 나의 식단과 루틴을 찾아가는 과정은 고유한 권리와 선택을 사수하는 항거에 가까웠다. 굴복하고 싶을 때마다 다시 스스로를 일으켜 세워야 하는 처절한 전쟁을 선포하며, 유혹에 쉽게 무너질수록 외롭게 싸우고, 자기 자신을 사랑하는 사람들을 가까이해야 했다.

알고 있었다. 나 말고도 다이어트를 마음먹은 사람들이 많다는 걸. 마음먹었지만 도무지 그 결심을 오래도록 유지하지 못하는 사람들이 가까운 곳곳에 있다는 걸. 고요한 투쟁도 소문이 나기에, 나의 소식을 들은 동료들은 결심의 강도를 확인하려는 듯 재우쳐 물었다. 그렇게 시작한 질문 퍼레이드는, 대체 왜 하느냐, 어떤 방식으로 할 거냐, 얼마나 감량할 거냐를 거쳐, 과거에 자신들이 감량한 에피소드와 지인의 노하우에까지 가지를 뻗쳤고, 정신을 차려보니 어느 순간 동료 두 명이 다이어트 대열에 합류해 있었다. 오랜 점심 멤버였던 나와 그들은 사적으로도 서로 잘 아는 사이였다. 우리는 회의실에 모여

A4 용지와 펜을 꺼냈고, 각서를 쓰기 시작했다.

'상기 명시한 바와 같이 기한 내에 목표로 한 체중까지 감량하지 못할 시 회식 비용으로 금 삼십만 원을 기부한다.'

일단 다이어트 도시락을 공동 구매했다. 탄수화물 함량은 줄이고 단백질과 지방 비중을 높인, 소위 '저탄고지' 도시락은 주요 반찬이 대부분 닭가슴살로 꾸려져 있었다. 여러 개를 살수록 가격이 저렴하니 30개를 한꺼번에 구입해 점심마다 셋이 나눠 먹자는 계획이었다. 좋아하는 간식을 외면하고 도시락만 먹기로 한 결심은 즉시 구매와 익일 배송 시스템 덕분에 바로 실행으로 옮겨졌다. 드디어 처음 먹어본 닭가슴살 도시락. 바쁜 아침마다 스스로 챙겨야 할 수제 도시락의 질과 그로 인한 스트레스(특히 내가 만든 맛없는 음식을 먹어야 하는 괴로움)에 비하면 훌륭한 구성이었다. 게다가 맛도 나쁘지 않았다. 점심 메뉴를 고른다는 핑계로 과하게 많이 주문해 먹던 나에게 적절한 방법이었다. 나를 포함한 각서 3인방은 큰 어려움 없이 다이어트 첫 주를 보냈다. 적어도 그때까진 성공적이었다.

다이어트 둘째 주. 점심은 다이어트 도시락으로, 저녁은 집에서 건강하게 자율 식단 체제로 무난히 진행되던 우리의 다이어트 루틴에 적신호가 걸렸다. 점심 도시락까진 괜찮았다. 다만 오후 4시가 되면 적막한 사무실에 이따금 기괴한 소리가 울렸는데, 그건 다름 아닌 꼬르륵 알람이었다. 인간의 생체 신호는 추위와 배고픔으로부터 생존할 수 있도록 설계되어 있기에, 생존을 위해 신호에 반응하는 것 또한 인간의 본능이었다. 텅 빈 위장의 호소 탓에 각서 3인방은 일에 집중하지 못하고 산만하게 굴었다. 탕비실을 기웃거리고, 갑자기 어디선가 풍겨 오는 맛있는 냄새(지금 생각하니 환각일지도 모르겠다)에 이성을 잃기를 반복했다. 그리고 결정적으로, 하필 사무실 바로 맞은편에 노브랜드 매장이 개업했는데, 업무 중에 간편하게 즐길 수 있는 먹거리가 가득했고, 그 매장에서 할인 판매하는 스낵들이 나의 업무 공간까지 침투하고 말았다. 사실 개업 소식을 진작부터 들어 알고 있었고, 과자를 좋아하는 나는 매장 앞에 진열된 과자 묶음과 광고 전단지를 보며 평생 저걸 먹지 않고 살 수 있을까 수없이 되물었다. 시련은 누구에게나 닥치는 법. 나는 각서 내용을 떠올리며, 지금 먹지 않는다고 과자에 얽힌 추억이 사라지지는 않을 테니, 이번만 참자고 매몰차게 고개를 돌렸다.

그러나 탄수화물 안전지대였던 사무실에 라면과 간식이 대거 유입되기 시작한 건, 회사의 긴박한 조치로 사무실 전 부서가 비상에 걸리고 만 8월부터였다. 끝날 듯 끝나지 않는 야근과 대기 근무는 야심 차게 계획한 다이어트 루틴을 사정없이 흔들었다. 400킬로칼로리에 불과한 닭가슴살 도시락 하나로 버티기엔, 하루는 너무 길고 고단했다. 나는 노브랜드 매장을 기웃거렸다. 그리고 아무 생각 없이 골라 담은 게 수만 원어치의 과자들이었다. 황홀함에 도취된 나는 과자를 풀어놓고 야근 중 과자 파티를 열었다. 에이스 크래커와 오예스 크림파이가 눈부신 자태를 뽐냈다. 매장에서 계산할 때만큼은 이번이 마지막이라고 단언한 것이 생각났지만 위화감이나 긴장감 하나 허락하지 않는 천진난만한 과자 무더기 앞에서 나는 잠시 동안 손에 가루를 잔뜩 묻힌 어린아이였다. 도원결의 멤버들 또한 하루의 끝을 붙잡은 주먹을 펴고 전투 중에 목을 축이는 병사들처럼 서로의 생존을 확인했다. 자꾸만 손이 가는 스낵의 덫은 "다이어트는 망했어"라고 울부짖으면서도 싱글벙글 웃게 만드는 오묘한 매력이 있었다. 게다가 같은 목표를 세운 각서 3인방은 회식비가 걸린 내기를 계속 상기하며, 스낵을 옆 사람에게 더 가까이 끌어다 놓거나 음료수를 가득 따라주는 괴상한 매너를 만들어냈고, 결국 우리는 먹은 만큼 움직이기로 극적 타협하며 사무실을 나섰다.

일단 걸어보자고 무작정 강남대로를 따라갔다. 횡단보도가 나오면 건너고, 강이 나오면 다리를 건넜다. 그래, 발걸음이 닿는 곳까지 가보자. 그렇게 걷다 목이 말라 멈춘 곳은 이태원의 어느 카페였다. 우리는 한남대교를 건너며 다이어트를 하는 이야기를 나눴고 그 저편에 있는 각자의 속사정을 주고받았다. 배부르게 먹었던 스낵들은 어느새 발칙한 추억이 되었고 함께 걸으며 눈에 담은 밤의 풍경은 어떤 디저트보다 담백했다. 스낵으로 얼룩지고 만 다이어트 루틴과 일에 치여 챙기지 못한 나의 마음을 어루만진 건 매 순간 흔들려도 실패라고 말하지 않는 우리의 대화와, 괜찮고 할 수 있다고 말하던 나의 목소리였다. 비록 마음먹은 대로 되지 않는 삶이지만,

참고 굶주리고 버티고 실컷 먹고 다시 걷길 반복하는 우리는 모두 시작된 여정에 서 있는 사람들이고 아직 실패하지 않은 매듭들이었다.

다이어트는 특히 일과 많이 닮았다. 하기 싫어도 해야 하고, 하고 나면 나름의 결과가 있다는 점, 계속 해나가지 않으면 밀린 숙제처럼 쌓이고 마는 게 닮았다. 외롭고 지치기에 함께하는 동지들이 때로는 큰 위안이 된다는 점 또한 비슷하다. 관성과 나태에 맞서 나를 깨우고 달리게 하는 것. 각양각색의 방법이 있지만 나에게 딱 맞는 루틴을 찾기 어려운 것. 꾹 참고 나를 위해 스스로 끌고 가야 하는 것. 오직 나를 위해 나의 선택으로 해야 하는 것. 행복의 과정이어야만 기쁘게 할 수 있는 것. 다이어트는 마냥 즐거울 수 없는 삶의 노동과 결을 함께한다. 결국 일과 돈의 영역일 수밖에 없는, 건조하고 냉정한 조직의 맛은 쓰지만, 함께 고생하며 나눠 먹는 스낵의 맛은 잊을 수 없었던 것처럼.

나름 제대로 했던 다이어트 내기는 어느 날 끝이 났다. 결과와 상관없이 나름 제대로 했다는 문장에서 굳이 '제대로'에 강조음을 넣고 싶다. 일하면서 입에 털어 넣은 무수한 간식과 꽤 자주 즐긴 치팅데이를 두고도 그렇게 말하느냐고 물어도, 단호히 그렇다고 이야기할 수 있다. 지향점을 두고 어떤 속도로 어떤 방식을 택할지, 모든 여정의 선택권은 나에게 있기에, 그 길을 '제대로' 걸었는지 대답할 수 있는 건 나뿐이니까. 그토록 먹는 걸 좋아하면서, 세 끼니를 다 챙겨 먹으면서, 그게 무슨 다이어트 선언이냐는, 온갖 시선이 나의 진심을 의심하더라도, 나는 최선을 다해 제대로 즐겼다고 말할 수 있다. 꼭 목표를 달성해야만 100퍼센트일 이유는 없다.

수차례 질문을 받았다. "그래서 몇 킬로나 빠졌어?" 그러나 몇 킬로가 빠졌는지 숫자는 중요하지 않았다. 지금 몇 킬로인지, 다이어트 중에 무슨 간식을 먹었는지, 숫자로 세어가며 스스로를 감시하는 게 우리의 목적은 아니었다. 다만 불안과 자책을 거두고 불완전한 우리를 응원하고 싶었다. 왜 다이어트를 하기로 마음먹었는지, 왜 건강해지고 싶었는지, 어떤 마음으로 다이어트를 하는지 귀 기울여 듣고 싶었다. 변화를 결심한 마음에 묻은 고민은 저마다 어떤 모습으로 어떤 삶을 살고 싶은지 말하고 있으니까. 조금 천천히 가도 좋으니, 전우여, '완벽'

은 무너뜨리고 '저탄고지'로 가자고. 그러니까 한마디로 말하자면, 아니, 종이 한 바닥을 가득 채우면서 구구절절 하고 싶은 말은, 시작은 있어도 실패는 없을 우리가 바로 에이스ACE, 함께라면 항상 오-예스Oh, Yes! 라고.

# 치킨을 먹을 때 하는 이야기

우리는 하루하루를 기억하지 않는다. 순간을 기억할 뿐이다.
–체사레 파베세

모두가 잠든 시간, 잠을 청하는 대신 드라마를 보고 있었다. 극 중 러브라인에 있는 두 사람이 치킨집에서 대화를 나누는 장면이었다. 두 사람이 과연 깊은 사이로 발전할지 아닐지를 가를 중요한 상황이긴 했지만 어차피 주인공들이니 잘 이루어질 관계라 예상하고 있었다. 그러다 보니 그들의 꽁냥꽁냥한 눈빛도, 질투심에 툭 튀어나와 주거니 받거니 하는 티키타카도, 내 귀에는 시시콜콜하게 들릴 뿐이었다. 오히려 그들 앞에 놓인 치킨의 상태가 몹시 걱정되었다. 마침 샐러드로 대충 때운 마지막 끼니를 떠올리자 뱃속에서 심한 천둥소리가 들렸다. 굶주린 배를 움켜쥐고 드라마에 다시 집중했다. 아니, 그들의 치킨에 집중했다.

내가 그토록 치킨을 신경 쓴 건, 극 중 아무도 테이블에 놓인 치킨을 돌보지 않기 때문이었다. 두 사람은 대사를 주고받는 내내 맥주만 조금 마실 뿐 치킨은 고사 지내듯 방치해두었다. 갓 나온 치킨을 저렇게 놔두었다간 골든 타임을 놓칠 게 분명했다. 실제 '썸 타는 사이'라면 음식을 가장 맛있게 먹이기 위해 일단 먹어보라고 말할 것 같은데, 어째 이번 화는 고증이 부족하다는 평가를 내놓으며, 장면을 구석구석 뜯어 살펴 지적했다.

그러다 뜬금없이 눈에 띈 건 바로 화면 가장자리에 잠깐 등장하는 다른 테이블이었다. 친구들 여럿이 모여 이것저것 시켜 먹는 그들은 포커스아웃 상태로 흐릿하게 비쳤지만 그 왁자지껄한 분위기만큼은 생생하게 느껴졌다. 그래, 바로 저런 거지. 치킨은 저렇게 편안하고 즐겁게 먹어야 제맛이라고 말하며 혼자 입맛을 다시던 나는 문득 S가 생각났다.

S는 나의 오랜 동네 친구였다. 걸어서 3분 거리에 사

는 이웃이어서 코흘리개 시절부터 온갖 어리숙한 꼴을 다 보여준 사이였기에 우리는 둘 중 누군가 부르면 바로 집 앞으로 나오는 소위 즉석 만남을 즐겼다. 그 만남에는 중요한 룰이 있는데 '화장기 없는 민낯'으로 '최대한 편한 옷 입고 나오기', 그리고 무엇보다도 대화를 나눌 때 '먹을 것 곁들이기'였다.

S는 특히 치킨에 대한 애정이 커서 우리는 동네 치킨집을 하나씩 찾아다니며 맛을 보았다. 그것이 수년간 이어지면서 데이터가 쌓였는데, 우리만의 '치'슐랭 가이드를 만들 수 있을 정도였다. 그 덕분에 나는 굵직한 기록을 달성했다. 어느 해는 한 달에 자그마치 열다섯 마리의 치킨을 먹었다. (이 글을 읽는 분의 표정을 감히 상상하며 다소 기름진 내용에 미리 사과를 전한다.) 그 열다섯 마리 모두 S와 먹었다. 특별한 사정이 있었던 건 아니다. 그저 겨울방학과 나의 생일을 핑계로 한 달 내내 S를 불러내어 잠깐 수다나 떨자고 한 것이 매번 치맥행이었던 것.

그 달의 열다섯 번째 치킨을 먹던 날, S에게 오늘도 치킨 먹는 게 괜찮은지 물었다. S는 고개를 끄덕이며 말했다.

"어제의 치킨과 오늘의 치킨은 달라."

S는 나에게 '먹기 위해 산다'는 말을 현실적으로 납득하도록 만든 사람이었다. S는 진심으로 먹는 일을 즐겼다. 대충 먹기 위해 사는 게 아니라, 정말 먹는 게 좋아서 눈을 뜨면 일단 먹는 생각부터 시작했다. 이런 S의 행위는 그저 허기에 쫓겨 배를 채우려는 식욕과는 달랐다. 무엇을 먹을지 차근차근 따져 물으며 신중하게 선택하는 과정은 스스로에게 말을 거는 다정함과 지금 이 순간 먹고 싶은 것을 선택하는 솔직함을 포함했다. 평소 극도로 내성적이고 자기주장을 내놓길 부담스러워하는 S지만 먹는 시간만큼은 어느 누구보다 진심이었다. S의 거짓없는 진솔한 태도 덕분에 나 또한 그 자리에 경건하게 임했고 우리가 함께 보내는 시간만큼은 온전히 '먹기 위해' 쓰였다.

그런 S가 인생을 건 다이어트를 시작하면서 우리의 관계에 변화가 생겼다. 사실 치맥으로 도장 깨기를 할 때마다 든든히 곁을 지켜준 S였지만, 진한 우정으로도 해결하지 못한 지독한 과체중은 그의 가장 큰 고민이었다. 남들이 좋다 하는 다이어트를 모두 시도해보았지만 유의미

한 결과를 얻지 못했다. 그러던 어느 날, S는 운동보다는 식이요법에 초점을 맞춘 다이어트를 시작했다. 특히 목표한 체중 감량에 성공하면 환불을 해주는 방식이 S에게는 매우 효과적이었다. 결국 S는 본격적인 식이 조절을 선언했고, 만나면 늘 무언가 배부르게 먹고 헤어지던 우리는 이제 0칼로리 챌린지를 시작했다.

왠지 이번 다이어트는 달랐다. S는 가장 좋아하는 치킨조차 먹으려 하지 않았고, 단골 치킨집 앞을 지나갈 때마다 눈을 질끈 감고 후다닥 뛰어갔다. 나는 그런 S의 뒷모습이 안쓰러웠지만 녀석의 의지를 꺾고 싶지 않았다. 우리는 치킨집 대신 카페에서 수다를 떨기로 했다.

그즈음 우리가 카페에서 매일 주고받는 이야기 끝에는 그간 먹지 못한 음식들이 대거 등장했다. 우리는 다이어트가 끝나면 당장 먹을 것들을 읊었다. 그중에는 특히 치킨이 많았다. 치킨 브랜드와 양념, 토핑 형태에 따라 다양하게 기억해냈고, 급기야는 무엇이 가장 맛있는지 순위를 매겼다. 그간 먹었던 수백 가지 치킨을 순식간에 줄 세우던 S는 가풍이 오래된 브랜드의 고전파 매콤달콤 양념 치킨을 최고로 여겼다. 나는 갓 튀겨 나온 바삭한 후라이드 치킨을 1위로 올렸다가 다시 내리길 반복하며 최종 순위를 쉽게 정하지 못했다.

"그래서 난 양념 반 후라이드 반, 이게 제일 좋아. 아무리 새로운 맛이 나와도 이 조합은 포기 못 해."

후라이드 맛만 시키면 양념이 먹고 싶어서 양념 소스를 추가하지만 '찍먹'은 또 '부먹'과 달라서 아쉽고, 결국 반반-조합이 나왔다. '반반'이야말로 무엇도 쉽게 포기할 수 없는 조바심을 해결할 방법이고, 누구의 입맛도 소외되어서는 안 된다고 외치는, 식탁 위 차별에 대한 저항이었다. 우리는 간혹 신 메뉴를 궁금해하기도 했지만 결국 먹던 맛, 아는 그 맛이 좋은 건 어쩔 수 없어서, 다시 이 조합을 선택하고 마는 이른바 '반반 회귀론'에 대해 길게 얘기를 나눴다.

S는 중간 체크 날을 무사히 마치고 간절히 기다리던 치팅데이를 맞이했다. 그리고 선택한 메뉴는 바로 양념과 후라이드 반반 치킨.

S는 다이어트가 끝나지 않았으니 최소한의 양심을 지키겠다며 튀김 껍질을 벗겨내기 시작했다. 그 포크질은 마치 쌍쌍바를 가르는 손길처럼 조심스러우면서도 내키

지 않은 듯 힘만 잔뜩 들어가 있었다. 피눈물 나는 해체 현장을 지켜보던 나는 도저히 참지 못하고 부탁했다.

"그래도 닭다리한테는 그러지 말자."

"맞아, 다른 것도 아니고 닭다리니까."

몇 번의 정당화 작업 끝에 녀석의 닭다리만은 가까스로 살아남았다. 미운 포크질을 멈추고 바로 닭다리를 입으로 가져간 S는 이제야 진심으로 온전한 태도로 치킨을 마주하고 있었다.

"바로 이 맛이야!"

활기를 찾은 S는 잃어버린 입맛까지 찾은 듯 야무지게 먹으며 떠들었다. 그날따라 양념 맛이 더 깊고 튀김옷 두께도 적당하다고 서로 맞장구를 쳤다. 신기하게도 치킨을 먹으면서 우리가 가장 많이 나눈 이야기는 다름 아닌 치킨에 대한 이야기였다. 치킨 맛이 어떻고, 특히 어느 부위가 맛있고, 누구는 다리를 좋아하고, 그때 그 치킨은 어째서 맛있었는지 등등. 먹는 순간에도 또 먹고 싶은 맛을 즐기며 끝이 보이지 않는 치킨 수다를 펼치는 중에도 우리는 따뜻한 치킨을 손에서 놓지 않았다.

치킨으로 더듬은 기억 속에는 나와 S가 있고 친구들

이 있고 가족들이 있었다. 그리고 다시 눈앞에는 치킨이 있었다. 그날의 기억은 아마도 다음 치킨을 만나는 날, 수많은 기억과 함께 다시 테이블 위에 놓일 것이다. 느슨한 표정으로 느긋한 저녁을 보내며 반반 치킨을 앞에 두고 쓸데없는 이야기를 잔뜩 풀어놓으며 가장 날것의 기쁨을 누릴 것이다. 그것이 매번 똑같고 유치한 대화일지라도, 튀김 부스러기를 이곳저곳에 묻히고 떨어뜨리며 온 세상을 기름지게 할지라도, 치킨 한 마리로 새긴 우리의 기억은 언제나 0칼로리다.

# 2부

지금 '살아가기' 중입니다

# 나는 왜 네가 왜 싫을까

## 그게 참 커리어스(curry-ous)해

처음 알게 된 사람과 밥을 먹다 보면 한 번쯤 등장하는 질문이 있다.

"가장 좋아하는 음식은 뭐예요?"

나는 벌써부터 기분이 좋아져 방그레 웃으며 "아, 어떡하죠, 못 고르겠어요" 하며 어울리지 않는 아양을 부린다. 그리고 다음 질문을 마주한다.

"가장 싫어하는 음식은 뭐예요?"

바로 앞선 질문에서 행복한 순위 매기기의 기쁨을 만끽한 나는 이 질문에는 주저함이 없다. 내 대답은 시종일

관 이랬다.

"카레요."

싫어하는 음식들, 예를 들어 심하게 삭힌 홍어, 고수가 잔뜩 들어간 쌀국수, 현지에서 파는 맛과 냄새 그대로인 취두부처럼 미처 친해지지 못한 이국의 음식들도 있지만, 이 모든 것들을 제치고 싫어하는 음식 1순위는 늘 카레였다.

다들 묻는다. 카레가 왜 싫은지. 이번에도 대답은 늘 똑같다. 그냥 다 싫어요. 생김새도 싫고 냄새도 싫어요. 아마 맛도 싫어할걸요.

'아마' 맛도 싫어할 거라는 대답에는 맛을 기억하지 못할 만큼 카레와 멀어진 지 오래되었다는 의미가 담겼다. 그렇다. 먹어보지도 않고 대뜸 싫다는 게 아니다. 정확히 기억하지는 못하지만, 대략 초등학교 3학년 가을이었던 것 같다. 처음으로 3학년 전체가 다 같이 수련회를 간 날이었다. 도착하자마자 구호를 외치고 모자를 쓴 교관들이 부는 호루라기 소리에 맞춰 이리 뛰고 저리 뛰다 보니 점심시간이었다. 급식으로 받은 밥과 카레를 식판에 담아 들고 자리에 앉아 처음 한 술 뜨는데 역한 냄새가 올라와 도저히 삼킬 수 없었다. 어찌할 바를 모르다 용기를 내어 교관에게 다가갔다. 도저히 다 못 먹겠는데 한 번만 봐달라고 사정하려는데, 교관이 그런 나를 보자마자 손가락으로 어딘가를 가리켰다. 수련회 기간에 지켜야 할 규칙을 적어놓은 안내문이었다.

'배식 받은 밥과 반찬은 다 먹는다.'

교관은 음식을 남김없이 다 먹어야만 단체 기합을 받지 않을 거라며 자리로 돌아가라고 했다. 아무 말도 하지 못하고 식판을 다시 들고 돌아온 나는 억지로 카레를 욱여넣었다. 그리고 숙소로 돌아가는 길에 재빨리 화장실로 뛰어갔다.

그 후로도 급식이나 단체 식사 시간에 카레를 먹어야 할 위기(?)가 몇 차례 더 있었다. 그때마다 카레 소스를 다 걷어내고 맨밥만 먹었다. 카레와 함께 반찬으로 나온 김치는 구원의 맛이었다. 미처 걷어내지 못한 카레 소스가 밥에 살짝 묻어 있으면 나는 눈을 질끈 감고 한 숟가락을 단숨에 꿀꺽 삼킨 뒤 김치를 물었다. 그러곤 김치를 사탕처럼 입안에 굴리며 주문을 외웠다. 이건 카레라이스가 아니야. 이건 김치라이스야. 주문과 함께 김치가 입안을 휘감으면 울렁거리던 속도 이내 편안해졌다. 그게 내가 기억하는 마지막 카레였다.

◉

그날은 아이들과 엄마들이 한집에 모였다. 절친한 또래 중 한 아이의 엄마(아이가 J 이모라고 불렀기에 나도 그 호칭을 빌린다)가 최근 아이 방을 수리했다며 흔쾌히 집에 초대한 덕분이었다. 아이들은 키즈 카페를 찾아갈 필요가 없을 만큼 장난감이 가득한 방에 모여 놀이 삼매경이었고 엄마들은 식탁에 둘러앉았다. 저마다 준비해 온 다과를 펼쳐놓고 여고생들처럼 수다에 빠졌다. 다과는 금방 동이 났고 아이들은 배가 고프다며 먹을 것을 찾아, 엄마를 찾아 어슬렁거렸다. J 이모는 그럴 줄 알았다는 표정으로 저녁까지 먹고 가라며 앞치마를 두르고 냉장고에서 음식 재료를 꺼내기 시작했다.

저녁 차리는 게 번거로우니 일찍 가겠다는 엄마들을 만류하며 J 이모는 간편한 메뉴이니 마음 쓰지 말라고, 모두를 자리에 앉혔다. 그러더니 흐뭇한 표정으로 고기와 감자, 양파, 당근, 호박을 먹기 좋게 썰더니 커다란 냄비 팬에 담고 요리유를 넣어 볶기 시작했다. 순식간에 재료를 손질해 능숙하게 볶아내는 그녀의 솜씨와 재료가 적당히 볶아지면서 풍기는 냄새에 그만 침이 꼴깍 넘어갔다. 저녁 메뉴가 궁금해 물으니 그녀가 웃으며 말했다.

"카레요."

모두가 환호성을 질렀다. 메뉴 선정도 센스가 넘친다며 칭찬 일색이었다. 나만 빼고. 나 또한 엄지를 세워 환호하고 싶었지만 '카레'라는 단어에 얼어버린 채 웃지도 울지도 못하고 가만히 있었다. 카레로부터 살아남기 위해 고려해야 할 복잡한 경우의 수를 계산해야 했다. 일단 첫 번째 고민은, 과연 카레를 먹지 못한다고 고백할지 말지에 대한 결정이었다. 아이들도 하지 않는 반찬 투정을 하는 아이 엄마라니.

카레를 못 먹는다고 솔직하게 말할까 싶다가도, 다른 반찬을 차리는 수고를 더할 게 뻔해 도저히 말이 나오지 않았다. 고민 끝에 "저는 배가 고프지 않습니다"라고 둘러대려는 순간 배에서 꼬르륵 소리가 났다. J 이모는 많이 시장하냐며 후다닥 차리겠다고 요리에 더욱 속도를 붙였다. 텅 빈 위장도 울부짖을 수 있다는 걸 증명한 나는 배가 고프지 않으니 먹지 않겠다는 핑계는 접어 넣어야 했다. J 이모가 오랜만에 10인분 카레를 만든다며 콧노래를 섞어 냄비 속을 저어댈수록 내 속은 더 걸쭉하게 답답해졌다. 지금이라도 용기 내서 고백하면 저 고기와 채소 일부를 카레로부터 살려낼 수 있지 않을까. 두 번째 고민이 가슴을 두드렸다. 팬에서 풍기는 향은 완벽했고 아무것도 넣지 않은 채 팬에 담긴 볶음을 그대로 먹어도 충분히 맛있을 거라는 확신이 들었다. 용기를 내 떨리는 몸을 일으켜 세우는데, 이 집 막내가 주방으로 다가왔다.

"엄마, 카레 만들어요? 우와! 빨리 카레 가루 넣어요. 빨리요."

그 순간, 나는 전래동화 삽화에서 본 아기 도깨비의 얼굴이 떠올랐다. 다 된 밥에 흙을 넣는 도깨비. 카레를 싫어하는 사람에게만 보이는 도깨비는 신난 표정으로 노란 가루를 팬에 탈탈 털어넣었다. 나는 깨달았다. 카레가 아닌 다른 메뉴를 더는 기대할 수 없음을. 오늘의 저녁 메뉴는 오로지 카레인 거다. 고소한 볶음 냄새는 도깨비 가루를 만나 살짝 매콤하면서 진한 냄새로 서서히 바뀌었고, 내가 도망 다니며 상상했던 냄새, 대략 진한 노란색과 연한 초록색을 섞은 빛깔이 담고 있는 고유한 냄새라고 믿은 그것이 온 집 안에 퍼졌다. 살면서 카레를 만들어본 적 없기에, 재료 손질부터 카레가 완성되는 과정을 시작부터 끝까지 지켜본 첫 순간이기도 했다.

그렇게 완성된 저녁 밥상은 한우와 제철 채소로 만든 카레라이스. 맛있게 드세요. 잘 먹겠습니다. 모두가 한 접시씩 앞에 놓고 동시에 수저를 드는 모습이 수련회 때 첫 카레를 먹은 그날을 떠올리게 했다. 내 앞에도 모던한 접시에 정갈하게 담긴 카레라이스가 놓였다. 이제 최후의 결정을 해야 했다. 먹느냐, 마느냐. 문제 중의 문제를 두고 주저하는 나에게 다시 도깨비처럼 다가온 막내가 나와 눈을 맞추며 말했다.

"이모, 저도 같이 만든 카레예요. 맛있게 드세요."

오, 이런. 이렇게 사랑스러운 얼굴로 건네는 카레라니. 10인분 카레 냄새에 정신이 어질어질해 숨이 턱 막혔지만 막내의 눈빛만큼은 선명하게 느껴졌다. 맛있는 것을 주고 싶어 참을 수 없는, 반짝반짝 빛나는 눈망울을 저버릴 수 없어 눈 딱 감고 한 숟가락을 입에 넣었다. 참았던 숨을 내쉬자 서서히 올라오는 카레의 냄새와 맛을 마주하는데. 어? 이상한 듯 익숙하다. 혹시 너무 배가 고파서 감각기관이 고장 났나 싶어 다시 한 숟가락 입에 넣는데, 이런, 생각보다 맛있다. 아니, 꽤 맛있다. 그렇게 한 접시를 모두 비웠고, 그것이 나의 두 번째 카레였다.

나는 스스로 카레를 극복할 수 없는 핸디캡으로 여겼다. 마치 선천성 음식 알레르기처럼, 카레는 나와 맞지 않는 음식이라고 여겼다. 가족들 또한 카레를 먹지 않았기에 타고난 체질이 원인이라 생각했다. 카레에만 반응하도록 프로그래밍이 된 유전자를 가졌거나 카레의 특정 성분이 고통을 유발했을 거라고 짐작했다.

그러나 그건 나의 착각이었다. 나중에 알게 된 사실인데, 내가 수학여행을 가는 날이면 할머니는 마음 놓고 카레를 끓였다고. 내가 워낙 카레를 싫어하고 카레 냄새만 맡아도 우웩거릴 게 분명하니, 그것을 배려해 한 번도 카레를 끓이지 않았던 거였다. 아니나 다를까, 내가 가정을 꾸려 나간 뒤로 친정집에서는 카레를 자주 끓였다. 어쩌다 오랜만에 친정집에 들어서다 미세하게 남은 카레 냄새를 맡으면 나는 마약 탐지견처럼 으르렁거리며 카레색

경보를 울렸다. 그러면 가족들은 한참 전에 먹은 카레 냄새마저 잡아내는 신통한 나를 흘겨보며 한겨울에도 창문을 열어 환기하는 식이었다.

돌이켜보면 내가 카레를 미워하는 만큼 가족들은 수많은 카레를 포기했다. 나의 최애가 누군가의 최악이라면, 과연 나 또한 최애를 포기할 수 있을까. 어쩌면 창문을 열고 날려 보내야 했던 건 카레 냄새가 아니라 고집센 두려움이었는지도 모른다. 어떤 상처로 인해, 혹은 부족한 정보와 뒤틀린 시선으로 인해 시작된 감정은 입을 꾹 다문 조개처럼 조그만 틈도 허용하지 않는다. 싫음의 이유가 충분하다 믿지만 사실은 오해와 편견으로 미움을 받는 게 어디 카레뿐이었을까. 내 취향이 아닐 거라고 단정하며 경험의 파편으로 쌓아 올린 두려움이 거대한 성벽이 되어 번번이 나를 가두었다는 걸 안다. 세상을 등진 요새 안에서 차가운 그늘로 키운 건 미움과 혐오였다.

그곳에서 나는 이유도 모른 채 오랫동안 세상과 싸웠다. 피부색이 다르고 말이 어눌하면 나도 모르게 경계하고, 뒷골목을 돌아다니는 검은 고양이라면 그저 무서워했던 것처럼. 비 오는 날은 슬프고 우울하다는 왜곡된 감정에 휩싸이고, 생김새와 냄새만으로 형편없을 거라고 오해했던 수많은 미식들에게 그랬던 것처럼. 세상의 모든 카레가 수련회 급식과 똑같지 않다는 걸 알면서도 싫어하는 마음을 움켜쥐고 놓지 않았던 것처럼.

두 번째 카레를 만난 뒤로 나는 호불호 노선에 많은 변화를 겪으며 나의 '싫어하는 마음'에게 묻고 싶었다. 내 인생에 카레는 없다고 단언했던 과거의 내가 민망하지 않도록 억지로 미움을 붙잡고 있었던 건 아닌지. 네가 싫다는 주문이 "저는 카레가 싫어요"라고 크게 외치지 못한 어린 나에게 보내는 미안함은 아닌지.

싫어하는 마음을 있는 그대로 말할 수 있는 나를 바란다. 섣부른 오해와 덕지덕지 붙인 감정 포장과 지레짐작 없이, 있는 그대로, 싫음을 소중히 다루고 싶다. 카레를 먹고 싶지 않다고 말하는 용기도, 카레에 먼저 손을 내미는 용기도 다 괜찮다고. 솔직함이 무서워 혐오로 꽁꽁 싸맨 미움을 버리고 새로운 감정을 향해 한 발 내딛고 싶다. 나에게 카레는, 두렵지만 사실은 궁금했고, 열렬히 좋아하지 않지만 이유 없이 싫어하고 싶지 않은, 한 접시의 용기이자 화해였다.

# 학생, 왕돈가스 먹어

초능력은 없지만
우린 아직 젊기에

드라마 〈무빙〉의 한 장면을 잊을 수 없다. 프랭크가 봉석에게 던진 말.

"학생, 왕돈가스 먹어."

목숨 걸고 소중한 것을 지키는 영웅들의 이야기 속에서 나는 숨 막히는 액션신을 제쳐 두고 프랭크가 돈가스를 듬성듬성 썰어 한 조각을 입에 넣는 모습에 머물렀다. 아마도 작가는 장면 속 킬러와 목표물이 나누는 몇 마디의 대사로 청자에게 극도의 긴장감을 전해주고 싶었을 것이다. 그러나 나는 초능력자도, 끝까지 표적을 쫓는 킬러도, 그들의 팽팽한 대화도 아닌, 허름한 식당의 유일한 메뉴인 왕돈가스에 푹 빠졌다. 물론 훌륭한 연기와 연출 덕에 충분히 몰입하여 드라마를 정주행한 건 사실이다. 그럼에도 불구하고 왕돈가스라는 그 거대한 존재는 드라마 밖으로 흘러나와 나만 알고 있는 진한 향수를 불러일으키고 있었다.

시간을 거슬러 올라 어느 가을날. 내가 다닌 여자 중학교 3학년 교실에서는 가을맞이 치장에 한창이었다. 나는 학급 환경 미화 활동을 맡아 친구들과 함께 교실을 꾸몄다. 가을인데 허수아비를 만들까, 아니면 낙엽을 붙일까. 수업은 한참 전에 끝났지만 교실을 새롭게 치장할 생각에 들뜬 우리는 무작정 예쁜 것들을 찾겠다고 교문을 나섰다. 예쁜 것들을 많이 파는 가게를 알고 있다는 친구는 나와 나머지 녀석들에게 신신당부했다.

"있잖아, 일단 머리부터 빗고 머리핀도 하나씩 꽂아."

친구의 거침없는 지도에 일단 시키는 대로 거울을 보며 헝클어진 머리를 고쳐 빗었다. 환경 미화에 필요한 걸 구하러 가는 데 옷매무새를 다시 살피는 이유가 무엇인지 알 수 없었지만 친구의 어조에 묻어난 단호함이 멋있게 느껴져 그 말이 맞다고 믿었다. 교문을 나서서 큰길로 나온 우리는 주택가로 가는 대신 다른 길로 들어섰다. 오층 높이 남짓한 건물을 몇 개 지나니 제법 사람이 북적이는 지하철역이 나왔고, 나와 친구들은 특히 사람들 소리가 많이 나는 곳으로 꺾었다. 그 순간 포장마차와 간판, 그리고 수많은 행인으로 가득한 큰 골목이 나왔다.

"이제 이 거리를 쭉 걸어가는 거야. 허리 펴고 걷되, 옆 사람 손 놓지 않기."

손을 왜 잡고 걸어야 하지, 라고 생각한 순간, 온갖 낯선 것들이 내 주변을 압도하고 있음을 깨달았다. 같은 방향으로 걷는 사람들, 반대 방향에서 걸어오는 사람들이 뒤섞였다. 그곳에서 우리는 손을 겨우 잡고 골목 양 끝을 가득 채워 걸었다. 나는 신세계를 만난 것처럼 눈을 휘둥그레 뜬 채 상점에 진열된 옷과 현대식 미용실, 각종 간식을 파는 식당들을 놓칠세라 이리저리 두리번거렸다. 그러면서도 혹시라도 길을 잃을까 봐 친구 녀석의 손목을 세게 붙잡았다. 이런 곳이 있었구나. 나는 혼자 중얼거리다 물었다.

"여기가 혹시 명동거리야?"

친구는 내 머리핀이 잘 고정되어 있는지 확인하며 대답했다.

"명동보다 더 멋진 곳이지."

그곳은 내가 다니던 중학교와 같은 재단이 소유한 대학교를 기점으로 지하철역까지 뻗어 형성된 번화가였다. 나는 집 앞 놀이터나 친구 집에서 노는 게 일상이었고 늘 다니던 길 외에는 가볼 엄두를 내지 못했다. 걸어서 고작 10분만 가면 완전히 다른 세상이 있다는 걸 알게 된 순간이었다. 간혹 학교에 새로 교생 선생님이 오시면 이 대학교에 다니는 학생이라고 소개를 했었다. 예쁘고 똑똑하고 무엇보다 친절했던 교생 선생님이 이 거리를 걸었다는 생각에 왠지 기분이 좋았다. 포장마차마다 가득한 먹거리를 향해 코를 들이밀며 킁킁거리면서도 자연스럽게 예쁜 언니들에게 시선이 갔다. 그들은 두꺼운 책이나 종이를 넣고 다니는 플라스틱 가방(이것을 파일이라고 부른다는 걸 먼 훗날 알았다)을 품에 안은 채 바쁘게 걷고 있었다. 교생 선생님이 그랬듯, 모두 왠지 똑똑하고 목소리도 예쁠 것 같았다.

그렇게 하염없이 걷던 우리는 어느 경양식 집 앞에 멈

춰 섰다. 저렴하고 양이 푸짐하다는 왕돈가스 전문 식당이었다. 입소문이 자자한 만큼 입구부터 사람들이 줄지어 서 있었다. 식당 입구에는 큼지막한 돈가스 사진이 붙어 있었고, 어느 대식가가 와도 만족하며 먹을 거라는 확신이 담긴 듯 볼드체로 쓰인 '왕돈가스'라는 글자가 남다른 자신감을 내뿜었다. 게다가 그것도 모자라 식전 수프와 식후 아이스크림까지 제공한다는 것 아닌가. 어느 남녀는 서로의 옷깃을 펴주며 잘 차려진 식사 데이트를 기대하고 있었고, 어떤 언니들은 교수님이 어쩌고 수업이 어쩌고 하며 고생한 스스로에게 맛있는 음식을 대접하려는 듯했다.

나는 모두가 열광하는 이 서양식 정찬이 무척 궁금했다. 맛은 물론이고 왠지 다 먹고 나면 세상 모든 것을 삼킨 강자가 될 것만 같은 푸짐한 접시를 앞에 두고 우아하게 칼질하는 상상을 했다. 서둘러 주머니에 손을 넣어봤지만 가진 건 천 원 지폐 두 장뿐이었고 친구들 사정도 마찬가지.

"다음에 우리도 저기서 먹자. 저 언니들처럼."

왠지 저걸 먹으면 당당한 젊은이가 될 것만 같은 마음

에, 언젠가 저기서 꼭 왕돈가스를 먹겠노라 다짐하며 우리는 돌아섰다. 아쉬운 마음만큼 많은 낙엽을 도시락 주머니에 가득 담았다. 교실 벽에 붙이고 남은 낙엽 하나를 일기장에 끼웠다. 구부러진 잎사귀가 어깨를 펴고 날개를 단 듯 페이지를 가득 채우길 바라며.

◉

다시 가을이 왔다.

사랑이라는 단어만 들어도 간지러워 몸을 배배 꼬던 고등학교 3학년짜리에게도 가을은 제법 진지한 계절이었다. 여름방학이 지나면 훅 자란 몸(늘어난 몸)과 함께 1년의 절반이 끝나 한 뼘 더 어른이 되고 있다는 자가 진단이 이루어지는 시기였다. 게다가 눈치 없는 하늘이 그저 맑고 고와서 교실 창문 너머로 햇살이 쏟아질 때마다, 없는 첫사랑이 떠오를 지경이었다.

그래서였을까. 정규 수업이 끝난 늦은 오후, 야간 자율학습 대형으로 자리를 잡으면 나는 늘 창가에 앉기를 주저했다. 책을 읽어도 가을 내음이 코로 귀로 눈으로 비집고 들어오는 탓에 콧구멍이 벌렁거리고 가슴이 콩닥콩닥 뛰어 책에 집중할 수 없었다. 분주한 교실 밖을 탓하고 싶었으나 10월로 접어들어 학교 내 분위기는 순식간에 차분해졌다. 11월에 있을 수능 시험을 고려한 배려였다. 면학 분위기를 해치지 않기 위해 3학년 교실은 마치 수험생들을 격리 보호하는 특별 구역처럼, 필요한 경우가 아니면 외부인이 드나들지 않았다. 어느 날부터는 교실에 단 두 부류의 사람만 존재했다. 공부를 하는 자와 공부를 방해하지 않는 자. 우리는 각자 준비한 고3 수험 공부용 키트를 갖추어 서로의 고요를 지키며 앉았고 저마다의 플레이리스트와 이어폰 줄에 의지한 채 고요를 넘어 고독의 순간에 도킹하고 있었다.

수능을 단 며칠 앞둔 11월은 유독 추웠다. 가을이 끝났다는 일종의 신호였다. 교실에 앉아 있어도 스산한 공기를 느꼈다. 겨울용 교복이 부실해서 그런 게 아니었다. 나는 긴 겨울을 만나러 가는 길 위에 있었다. 그것은 오지 않길 바라던 전쟁을 치르는 걸 의미했다. 해가 뜨기 전에 집에서 나와 교실에서 떠오르는 해를 바라보며 태세를 갖췄다. 어두운 창밖을 바라보며 무엇과 맞서야 하는지 모르는 채 총을 받아 든 어설픈 학도병처럼 사인펜 쥐는 법을 연습했고, 실체를 모르는 막연한 그날을 상상하며 타이머를 켰다.

그 계절 내내 싸우는 연습뿐이었다. 반드시 답을 내야 하는 문제와 싸우고 타인으로부터 쏟아지는 기대와 싸웠다. 조급한 마음에 비해 턱없이 초라한 실력과 싸우고, 타이머만 켜면 삭제되는 시간과 싸웠다. 그러는 동안 차마 가슴에 올려두지 못한 고민들이 설익은 채 다 타버렸다. 가을과 겨울 사이의 짧은 계절은 탄내로 진동했다.

대망의 날이 다가오는, 모든 걸 다 바쳐 끝내야 하는 중요한 순간이 두려웠다. 입시를 위해 끌어모은 3년은 그 시절 내가 가진 전 재산이나 다름없었다. 해가 뜨기 전에 집을 나가 한밤중에 내 방으로 돌아오면 온기 없는 이불을 끌어안은 채 밤마다 허공에 속삭였다. 따사로운 햇살을 맞으며 눈을 뜨고 싶다고. 얼마 남지 않은 긴 수험 생활의 끝은 나에겐 어떤 대하드라마보다 묵직한 서사였기에, 가을은 겨울이 오기 전에 끝나는 슬픈 노래처럼 나의 귓가에 맴돌았다.

독서실에 가는 날이었지만 그날은 다른 길로 향했다.

무작정 걷다 보니 여대 앞 거리였다. 종종 필요한 문구를 사러 이 거리를 지나가곤 했지만 특별한 목적 없이 나 홀로 걷는 건 오랜만이었다. 근린 지역에 사는 젊은이들이 모두 모인 것처럼 거리는 여전히 사람들로 가득했다. 전단지를 나눠주며 호객하는 소리, 길거리 음식을 만드는 소리, 학생들의 대화 소리, 연인들의 웃음소리, 그리고 나처럼 소리 없이 걷는 소리까지, 거리를 메운 대낮의 소란이 내겐 조금 어지러웠지만 멈추지 않고 계속 걸었다. 바람을 맞아 얼굴이 빨개질 만큼 걸었을 즈음, 나도 모르게 흥얼거리는 소리에 비로소 목도리처럼 꽁꽁 싸매던 적막을 깨고 토해내듯 나에게 말했다. 좋다고. 살아 있는 것 같다고.

골목 끝에 다다랐다. 그제야 걸음을 멈추고 보니 어느 식당 앞에 서 있었다. 가게 전면에 왕돈가스 사진이 붙어 있었다. 슬쩍 안쪽을 보니 사람이 꽤 많았다. 왕돈가스 인기는 여전하구나. 가게 앞에 빼곡하게 모든 메뉴 사진을 붙이고 가격도 써놓아 행여 가격이 비쌀까 봐 쉽게 발을 들이지 못하는 학생에겐 다소 요란해 보이는 가게 풍경이 너무도 친절하게 다가왔다.

왕돈가스 3,800원.

나는 지갑을 만지작거리며 식당 안으로 들어갔다. 모의고사 문제집을 산다고 받은 용돈이 남은 덕분이었다.

데미그라스 소스를 듬뿍 부어 촉촉해진 왕돈가스는 역시나 큼지막했다. 마치 세계지도를 펼쳐놓은 듯한 드넓은 자태는 푸짐하다 못해 진취적이었다. 매번 고민했다. 미리 다 잘라놓고 먹을지, 먹으면서 자를지. 거대한 녀석을 미리 자르는 게 왠지 아쉬워 잘게 자르다 멈추곤 했다. 결국 배가 부를 걸 알지만 칼질을 시작할 때마다 다 해치우고 또 먹을 수 있을 것처럼, 왕돈가스치곤 작다고 괜히 센 척을 하기도 했다. 옆 테이블에서도 돈가스의 크기를 주제로 의견이 분분해 보였다. 학생들은 음식의 양에 민감하니까. 게다가 이건 왕돈가스가 아닌가. 이걸 다 못 먹다니, 그럴 순 없었다.

수프와 돈가스, 후식으로 나오는 셔벗까지 말끔히 해치우고 나니 세계지도만큼 크고 넓은 세상을 삼킨 기분이었다. 집으로 가는 오르막길에서 한껏 거세진 바람을 맞으며 생각했다. 어쩌면 나도 꽤 강한 사람일지 모른다고. 꼿꼿하게 허리를 세우고 당당하게 걸을 수 있다고.

시험도 결국 왕돈가스를 먹는 것과 다르지 않을 거라고. 길가에 수북한 잎더미에서 낙엽 하나를 집었다. 하이파이브를 외치는 듯 위로 빳빳하게 뻗은 잎사귀를 손 위에 두고 다른 손으로 포갰다. 가을에만 할 수 있는 하이파이브였다. 아직 가을은 끝나지 않았다.

# 비와 당신

일그러진 당신에게 보내는 꾸덕한 안부

"지긋지긋하게 온다, 정말."

폭염 사이로 찔끔찔끔 흘러내리는 비는 가뭄을 해결하는 단비나 여름을 여는 장마와는 달랐다. 잠깐 내리다 그치고, 그러더니 다시 또 힘없이 떨어지는 빗줄기는 여름을 미워하는 마음처럼 천천히 옷과 피부와 머리카락에 스며들었다. 흘러내리는 빗줄기를 보고 있자니 끈적한 땀이 솟구치는 것 같은 착각이 들었다. 눅눅한 공기는 아무도 쉽게 치우지 못하는 골동품처럼 여름 내내 곳곳에 부유했고, 그로 인해 비가 그친 뒤에도 사방에 안개를 두른 듯 뿌연 날이 이어졌다. 예고 없는 비가 눈치를 완전히 상실한 채 일상을 괴롭힌 지 벌써 한 달이 다 되어갔다. 뒷덜미에 물총을 쏘는 짓궂은 사내아이처럼 하는 짓이 미운 데다 우중충한 하늘처럼 잔뜩 찡그린 못생긴 여름. 이런 여름이 과연 처음이었던가.

비 오는 여름, 드럼 세탁기나 건조기가 없던 시절, 할머니는 비 소식을 들을 때마다 한숨을 내쉬었다. 빨래 때문이었다. 일주일 전부터 볕이 잘 드는 자리에 빨랫감을 힘껏 털어 널어두었지만 제대로 마르지 않아 걷지 못하고 있었다. 겉만 어설프게 마른 옷들은 평소보다 더 쭈글쭈글 잡힌 주름을 축으로 이리저리 뒤틀어졌다. 베란다에 머무는 시간이 길어질수록 텃세를 부리는 다른 주인들, 이를테면 벽에 걸어놓은 마늘 꾸러미, 구석에 기대어 세워둔 망입 양파, 된장을 담은 항아리들이 시샘이라도 부리는 것만 같았다. 세탁물이 얼마나 말랐나 확인하려고 코를 갖다 대면 알싸하면서 퀴퀴한 냄새가 묻어났다. 폭염과 호우가 지겨워 기상 예보를 틀었다. '전례 없는 최악의 여름.' 마침 화풀이할 대상이 필요한 사람들의 마음을 들여다보기라도 했는지, 뉴스는 새로운 '최악'을 찾아내 당시의 여름을 가장 열렬히 미워하도록 헤드라인을 내걸었다. 사나흘 동안 비가 더 올 거라는 예보였다.

빗소리가 거세지자 안방 문이 열렸다. 할아버지가 담배꽁초로 가득한 재떨이를 들고 나왔다. 할아버지는 화단에 재떨이를 비운 뒤 말없이 서서 창밖을 바라보았다. 그러고는 불이 잘 켜지지 않는 라이터를 흔들더니 힘겹게 담배에 불을 붙였다. 구부정하게 굽은 어깨와 러닝셔츠 밖으로 등뼈가 드러날 만큼 앙상한 몸. 노인회관에서 술을 마시거나 안방에 누워 수십 년을 보낸 할아버지의 몸은 젊은 시절 육군 장교였다는 게 믿기 어려울 만큼 근육과 생기를 상실한 채였다.

마침 비가 쏟아져 들어오는 바람에 황급히 창문을 닫았다. 빨래를 확인하러 나갔던 할머니는 담배 연기로 자욱한 베란다에서 나올 때마다 못살겠다고 말했다. 할머니가 못살겠는 이유가 마르지 않는 빨래 때문인지 아니면 담배 연기 때문인지 늘 헷갈렸다. 할머니가 주방에 앉아 구멍 난 하늘을 탓할 때 담배를 다 태운 할아버지는 말없이 다시 안방으로 들어갔다.

빗줄기는 더 거세어졌고 담배 연기는 좀처럼 없어지

지 않았다. 마음대로 할 수 없는 상태에 기약 없이 놓인 '고립'과 원하지 않은 '고독'의 신호탄처럼 가족 모두가 뿔뿔이 흩어졌다. 모여 앉기엔 날이 너무 습한 데다가 저마다 답답한 사정이 있었다. 나 역시 방학이 얼마 남지 않아서 하루를 일주일처럼 꽉 채워 밖에 나가 놀아야 했지만 이미 계획은 엉망이 되었다. 고요한 집 안에 틀어박힌 우리는 여름날의 빨래처럼 축 늘어져 계절의 난동을 지켜볼 뿐, 아무 말이 없었다.

나는 세찬 바람과 빗물이 베란다 창문을 두드리는 소리가 들릴 때마다 조금씩 뒷걸음질 치며 구석으로 숨었다. 조롱하는 웃음 같기도, 한편으로는 흐느끼는 절규 같기도 한 창밖의 소리를 덮으려 라디오를 틀었다. 주파수를 돌리다 아는 노래가 나오면 재빨리 테이프를 넣어 녹음 버튼을 눌렀다. 이승훈의 〈비 오는 거리〉, 조트리오의 〈눈물 내리는 날〉, 이적의 〈Rain〉 같은 곡이 테이프에 담길수록 이지러진 우울이 자리를 잡고 누워 마른 일기가 되길 기대했다.

방에서 보낸 시간이 꽤 흘렀다는 걸 알려준 건 갑자기 찾아온 낯선 냄새였다. 식사 시간을 알리듯 소리 없이 울리는 냄새 알람의 범인은 부침개였다. 기름에 갓 튀겨 바삭해진 밀가루 향을 내가 모를 리 없었다. 냄새의 진원지를 찾기 위해 나는 콧구멍을 크게 열고 이 방 저 방 돌아다녔다. 바람의 방향과 냄새의 알싸함으로 미루어보았을 때 그것은 윗집에서 흘러온 것이 분명했다. 비 오는 날에 전 부치기. 그것은 주방에서 흔히 행하는 화학 전술로, 고독한 이들을 동굴 밖으로 불러내고 심심한 이들을 바쁘게 만드는 데 탁월한 효과를 발휘했다. 날씨와 시간을 잘 활용할수록 결과는 더욱 훌륭했다. 외투를 벗기기 위해서라면 거센 바람보다 말 없는 햇살이 더 효과적이듯, 창문을 부술 것 같은 싹쓸바람에도 전혀 끄떡없는 고집쟁이들도, 코끝에서 간지럽히듯 스며드는 부침개의 소란에 하나둘 모일 수밖에 없었다. 폭우에도 아랑곳하지 않고 방 안을 지키던 할아버지까지.

불현듯 머리를 긁적이며 식탁을 맴돌던 할아버지는 한참을 망설이더니 입을 떼었다.

"장떡이나 부쳐 먹으면 좋겠는데."

고독을 깬 문장 속에 투박하지만 대답을 기다리는 떨림이 숨어 있었다. 주방에서 말없이 밀가루 봉지를 꺼내는 소리가 들리자 할아버지는 비로소 식탁 끄트머리에 자리를 잡고 앉았다. 할머니는 스테인리스 볼에 양파와 부추 등을 썰어 넣고 밀가루를 눈대중으로 쏟아부었다. 그러고는 물을 넣어 점도를 맞추더니 곧장 베란다로 나갔다. 할머니 손에 들린 것은 항아리에서 퍼 온 고추장이었다. 고추장을 넣은 빈대떡은 다른 부침개와 다르게 매콤하고 꾸덕했다. 일단 반죽부터 김치부침개의 그것과는 조금 달랐다. 진한 딸기 우유 같은 치명적인 핫핑크 빛깔에 오랜 침묵을 깨고 나온 레드와인 같은 강렬하고 묵직한 향을 지녔으며, 쉽게 길들여지지 않는 할아버지의 고집스러움을 닮아 뻣뻣했다. 팬에 기름을 적당히 두르고 반죽을 한 국자 덜어 얇게 펴면 비에 젖은 얼룩처럼 진하고 꾸덕한 검붉은 부침개, 고추장떡이 완성되었다.

할아버지는 고추장떡을 한 점 집어 맛을 보더니 말없이 잔에 소주를 따랐다. 할머니는 고추장떡이 할아버지 입맛에 맞는지 따로 묻지 않았다. 할머니는 젊은 나이에 경제적 부양 능력을 잃고 안방에서 홀로 지내는 남편을 미워했다. 남편을 가장 미워했고 남편이 좋아하는 술을 그다음으로 미워했다. 그래서인지 할아버지의 잔이 비어도 결코 술을 따라주는 법이 없었다. 다만 뜨거운 부침이 식을 틈 없이 서둘러 갓 부친 고추장떡을 접시에 올렸다.

"전이 식으면 뻣뻣해서 맛이 없으니까 얼른 먹어 치우라고."

기름이 맺힌 고추장떡의 가장자리만큼 바삭한 할머니의 재촉에 할아버지는 잔을 비웠다. 할아버지의 잔을 빌려 해묵은 밀가루를 털어 날리듯, 오래된 엿처럼 굳어 있던 고약한 가시를 쓸어내리듯, 우리는 바삭한 고추장떡이 눅눅해질 때까지, 식탁에 함께 오랫동안 머물렀다.

◉

지독하게 추운 어느 겨울, 담배를 사러 나간 할아버지는 길에서 주저앉은 채 결국 일어나지 못했다. 그리고 뇌의 기능이 돌아올 가능성이 없다는 의사의 진단에 따라 연명 치료를 포기하고 병원에서 안방으로 돌아왔다. 할머니는 평생 고생만 시키더니 이제는 그만 자기 혼자 방에 누워버렸다며 고개를 돌리고 눈을 질끈 감았다.

그러나 혼자 걸을 수도, 움직일 수도, 앉지도 못하는

할아버지를 일으켜 앉혀 밥을 먹이고 대소변을 돌보고 수건으로 몸을 닦아준 이는 할머니였다. 할머니는 밤이면 어눌한 소리로 우는 할아버지를 재우고, 미세하게 신경이 남아 있을 한쪽 팔로 수저를 들어 밥 먹는 연습을 시켰다. 그러다 수저가 힘없이 늘어진 손에서 밥상 위로 떨어지면 할아버지에게 밥 먹을 줄도 모르냐며 소리를 질렀다. 어쩜 이리도 못났냐고, 죽어도 용서 못 한다고, 죽어서 그 빚 다 갚을 거냐고, 할머니가 모질게 화를 내도 얼굴조차 움직일 수 없는 할아버지는 물기가 그렁그렁 맺힌 눈만 깜빡일 뿐 아무 말이 없었다.

◉

시간이 흘러 여름을 앞둔 화창한 오월, 아파트 일 층 출입문에 상가를 알리는 노란 등불이 달렸다. 할아버지를 기억하는 이들의 조문이 이어지며 현관문은 사흘 내내 열려 있었고 할머니와 엄마, 이모의 곡소리가 울려 퍼졌다. 영정 사진 앞에는 문상객들이 올린 술잔과 할머니가 꼼꼼하게 챙긴 부침개가 접시에 수북이 놓여 있었다.

먼 길 가서도 두둑하게 챙겨 먹으라는 마음이었을 것이다. 남편 몫 애비 몫 제대로 하지 못한 망자를 용서할 수 없지만 또한 외면할 수 없는 마음으로 쥐여준 노잣밥치곤 후했다.

그렇게 20년이 지나 이제는 집에서 장떡을 찾는 이가 없다. 텅 빈 안방처럼, 술잔도 없이 상 한가운데 두는 게 어색해서 그랬는지, 할아버지가 떠난 자리에선 고추장떡도 떠나고 보송보송하게 마른 미움만 남았다.

비가 오는 날이면 가끔 할아버지가 떠오른다. 먼 길 너머 그곳도 오늘처럼 지독하게 덥고 얄궂은 비가 내리는지 궁금하다. 고추장떡을 부쳐 소주 한 잔 따라드리고 싶은 걸 보니.

# 삶은 오늘도 이렇게

끓어오르거나 부서질지라도

주 5일제가 시행되기 전인 1990년대에는 월요일부터 토요일까지 수업이 있었다. 당시 나는 토요일 4교시가 되면 심장이 평소보다 빨리 뛰었다. 토요일은 급식을 하지 않고 일찍 하교하는 날이자, 일주일 중 가장 설레는 날이었다. 오전 수업만 마치면 된다는 사실과 친구들과 15분 남짓 걷는 동안 각자 주말에 예정된 소소한 계획을 공유하는 재미, 한창 수다를 떨던 친구들과 헤어지며 들어서는 고독한 현관에서 느껴지는 느긋함, 거기다 〈긴급출동 911〉〈레니게이드〉 등 토요일 오후에만 방영하는

외국 방송물을 보며 끓여 먹는 라면 맛은 오직 토요일에만 주어지는 즐거움이었다. 그 시간만은 오늘까지 마쳐야 하는 숙제도, 내일 반드시 챙겨야 하는 준비물도 없었다. 편한 실내복 차림에 라면이 담긴 냄비와 뚜껑, 그리고 젓가락만 있으면 충분했다. 쟁반에 담아내 거실 바닥에 놓으면 완성되는 한 봉지의 자유는, 벌겋게 달아오른 냄비처럼 뜨거웠고, 피어오르는 김처럼 펄럭거렸다.

토요일마다 라면을 즐기게 된 후로 주변의 사물이 다르게 보이기 시작했다. 일단 냄비를 보면 가장 먼저 라면을 떠올렸다. 나에게 냄비는 라면을 끓이기 위해 만들어진 발명품이었다. 냄비를 닮은 물건이나 그림을 보면 자연스럽게 라면이 먹고 싶어졌다. 학교에서 집으로 돌아가는 길에 목욕탕 건물을 두 차례 마주치는데, 건물에 새겨진 심벌(♨)은 본래 온탕을 의미하지만 나는 그것을 볼 때마다 피구왕 통키가 떠올랐고, 매운맛을 안 뒤부터는 갓 끓인 라면으로 정착했다. 연상 작용은 유튜브의 알고리즘처럼 우리에게 익숙한 것들을 끌어들여 사물을 정의한다. 한자를 잘 모르는 아이들이 신辛라면을 '푸'라면으로, 초코파이의 정情을 '아홉'으로 읽는 것처럼, 아는 만큼 보이고 좋아하는 만큼 기억을 재생한다. 지금은 화가 난 사람의 심리를 표현하는 이모티콘으로 쓰이는 듯도 하지만, 그러거나 말거나 세월이 지나도, 영상 앱의 알고리즘이 굵은 섬네일 가득한 영상을 골라 눈앞까지 갖다 줘도, 나는 굳건히 라면부터 떠올린다. 내가 알고 있는 뜨거운 것 중 가장 맛있기에, 내 알고리즘의 선택은 늘 라면이다.

사실 라면은 나만의 전유물이 아니었다. 교문을 나와 주택가를 가로질러 걷는 내내 창문 틈으로 새어 나오는 라면 냄새로 미루어 짐작건대, 토요일 오후는 라면을 위한, 라면에 의한, 라면의 시간이라고 해도 과언이 아니었다. 아이들이 일찍 오면 또 뭘 해 먹일까 밥 타령이 지겨운 엄마는 동네 마트에서 세일을 할 때면 놓치지 않고 묶음 라면을 사두었다. 좀처럼 간식거리를 사주지 않는 엄마였지만 라면 앞에서는 관대했다. 그렇다 보니 몰래 꺼내 먹어도 혼나지 않으며 배불리 먹을 수 있는 음식으로도 라면이 유일했다. 내가 라면을 끓여 먹고 난 늦은 오후, 토요일이라 일찍 퇴근하고 돌아온 아빠는 현관에 들어서자마자 웃었다.

"누가 라면을 맛있게 드셨을까?"

아빠는 급히 옷을 갈아입은 뒤 대접만큼 물을 받은 냄비를 가스레인지 위에 올렸다. 나와 동생은 텔레비전 앞을 왔다 갔다 하며 다음 예능 프로그램이 시작했는지 보초를 서다가 아빠의 면치기를 구경하는 게 더 좋아서 식탁에 자리를 잡았고, 그렇게 라면 한 젓가락을 얻어먹고 나면 매콤한 수프 향으로 가득한 토요일이 활활 불타올랐다.

그때만 해도 공부하는 게 제일 지겹고 힘들었다. 그렇게 하기 싫은 공부였지만 꾹 참고 하는 시늉이라도 내겠다며 일찍 일어나고 숙제도 꼬박꼬박 챙겼다. 스스로 보기에 꽤 부지런히 애썼다는 생각이 들 때면 그에 대한 셀프 보상으로 '라면 먹을 자격'을 내렸다. 지독한 라면 사랑에도 참고 참다가 토요일 오후에야 비로소 끓여 먹는 기다림. 그것이 라면을 맛있게 먹을 자격이었다. 그때 먹는 라면은 24시간 각종 채소로 우려낸 국물이 들어간 해장국보다 진했고, 고기나 버섯을 넣어 값비싼 노력으로 끓인 전골보다 깔끔했다. 질풍노도의 순간이 찾아올 때마다 나는 누구이고 왜 태어났는지 따위의, 알고 싶지 않지만 자꾸만 떠올랐던 고민과 온갖 걱정을 한꺼번에 넣고 끓여 만든, 일주일을 기다린 재미난 텔레비전 프로그램을 보며 먹는 그 맛을 누가 따라 할 수 있을까. 고생했다고, 잠시 내려놓으라고 말하는 듯한 국물을 숟가락에 옮기면 모락모락 피어나는 열기를 향해 입을 모아 후후 부는 것으로 대답을 대신했다.

그러나 세상에 둘도 없던 위로의 맛은 주 5일제 도입으로 조금씩 변질되었고, 나는 파스타와 일본식 라멘을 경험하면서 온갖 외국어로 된 음식을 찾아다니기 시작했다. 금요일 저녁에는 특별한 음식을 먹어야 한다며 유명한 맛집의 대표 음식만 골라 먹기도 했다. 토요일 오후는 전날 저녁부터 이어진 '불금'이 마무리되지 못한 채 급기야 배달 음식으로 때우는 날들이 많아졌다. 토요 라면은 그저 옛날 어릴 때 먹던 추억으로 박제되어 있다가, 이따금 찾아오는 고민들, 예컨대 나는 누구이고 왜 살아야 하는지 따위의 걱정을 끄집어낸 뒤에야 가스레인지 화구에 모습을 드러냈다. 라면을 끓이는 횟수가 줄어든 만큼 고민도 녹아 없어지길 바라며.

◉

팬데믹이 전 세계를 휩쓸고 겨우 찾은 일상 속 어느 토요일 늦은 오후. 엄마가 개인 일정으로 아빠의 저녁 식사를 급하게 부탁한 날, 몸보신용 고기를 사 들고 집에 갔는데 어디선가 익숙한 냄새가 풍겨 왔다. 주방에 가보니 아빠가 라면을 끓이고 있었다. 전봇대처럼 단단했던 아빠는 갑자기 진단받은 질병으로 40번 이상의 항암 치료를 견뎌내고 있었다.

병원에 갈 일이 없을 만큼 흔한 잔병치레 한 번 없이 건강했던 아빠의 일상이 흔들리기 시작한 건 아우의 암 진단을 들은 날부터였다. 자신보다 힘도 세고 건강하던 동생이 어느 날 갑자기 화장실 가는 일이 불편하여 병원에 갔다가 벌어진 일이었다. 주변의 재촉에 그간 미뤄둔 건강검진을 받으러 가는 날에도 불편한 곳이 없다고 했지만 검진 결과는 아빠의 기대와 달랐다. 내시경 검사를 마치자마자 의료진은 보호자를 불렀다.

검사를 마치면 지인들과 모처럼 저녁 식사를 하기로 했던 아빠는 수차례의 정밀 검사를 위해 금식을 반복하더니 수술 후에는 살이 급격히 빠져 완전히 다른 얼굴이 되어 있었다. 바이러스뿐만 아니라 보통의 일상과도 격리된 채 한 달여간 병원 생활을 하고 돌아오자마자, 아빠는 저녁 식사를 함께하지 못한 지인들에게 미안하다고 전화를 돌렸다.

"대장암 4기래. 저녁은 다음에 먹자구."

덤덤한 안부와 함께 다음을 기약했지만 그 뒤로도 장기의 일부를 절제하는 큰 수술을 두 차례 더 치르며 아빠의 체중은 진단 전보다 20킬로그램 이상 줄었다. 수술 후에도 곳곳에 남은 미세 암들과 싸우기 위해 몸에 항암제를 꽂고 치열한 전쟁을 치르는 동안 피부 질환과 구내염증 같은 부작용이 뒤따랐다. 한동안 아빠는 물 한 모금 넘기기 어려울 만큼 고통스러운 시간을 보내야 했다.

그런 모습이 안타까워 엄마가 주변에 묻고 고민하며 만든 음식들은 오로지 아빠 맞춤이었다. 입안이 바싹 마르고 쓸 때는 갓 지은 밥을 맑은 국에 말아 먹고, 수포가 다시 돋으면 맵지 않게 찐 생선살을 발라 씹지 않고 꿀꺽 삼키길 지켜봤다. 그저 먹어만 주면 좋겠다는 엄마의 청이 닿았는지 아빠는 한마디 불평 없이 안간힘을 써가며 매번 그것들을 삼켜냈고, 그럴 때마다 우리 가족은 안도했다. 엄마는 아빠의 항암 치료 일정에 맞춰 체력을 유지할 수 있도록 단백질과 제철 음식으로 빼곡하게 채운 식단을 챙겼다. 그런 사정으로 다급히 팬을 꺼내 소고기를 요리하려는데 아빠가 말했다.

"아빠한테 지금 필요한 건 라면이야. 엄마 없을 때 먹을 수 있는 별미라고."

사실은 무척 그리웠던 라면을 차마 엄마 앞에서 먹을 수 없어서 참고 또 참았다는 말에 나는 바쁜 손을 멈춰 내려놓았다.

"나도 라면 먹을래."

다시 면발을 들어 후루룩 먹는 아빠 옆에서 냉큼 라면을 끓였다. 왜 이리 사는 게 힘드냐고, 그래도 살고 싶다고, 수없이 눈물로 우려낸 말들을 말아, 말없이 국물을 마셨다. 삶은 라면처럼 살고 또 살아도 질리지 않았고, 지쳐 포기하고 싶을 때 살아보자고 손을 건넸다.

이후 3년간의 항암을 마치고 '다음 항암 일정은 없음'이라는 소견을 안고 구역감 없는 휴식을 시작하던 날에도 아빠는 가끔 라면을 끓였다. 아픈 것보다 두려운 건 더 이상 끓어오를 수 없는 무기력함이라고, 아빠는 건강하고 젊은 시절에 사랑했던 맛으로 기억을 주무르며 비로소 쉼표의 꼬리를 내렸다.

고달픈 싸움이 다시 시작될지라도 익숙한 맛을 떠올리며 숨은 내 모습 찾기를 이어가기 위해 오늘도 나는 곳간에 라면을 채워 넣는다. 언제든 꺼낼 수 있는 한 봉지의 자유를 숨겨놓는다. 우리의 삶은 오늘도 끓어오를 준비를 마쳤다.

# 지금 '살아가기' 중입니다

## 배고픔과 보고픔은 닮았다

이번이 벌써 세 번째다. '동창 모임 취소.' 초등학교 때부터 알고 지내온 친구들과 모이기로 한 건 지난가을이었다. 한 해를 즐겁게 마무리하기 위해 같이 정한 날짜를 12월 달력에 표시해두었다. 그러나 연말까지 끝내기로 한 다른 일들로 날짜가 하루 이틀 밀리더니, 결국 12월 송년 모임은 성사되지 않았다. 어쩔 수 없이 신년회로 재무장하여 1월에 모이려 했으나 한 친구네 집안에 사정이 생겨 모임은 다시 취소되었다. 재빨리 날짜를 새로 잡았지만 또 다른 친구가 독감에 걸린 아기를 돌보느라 나올 수 없다는 말에 다시 또 모임이 취소되고 말았다.

예상은 했었다. 단둘이 만나는 약속과 다르게, 한날 한곳에서 여럿이 빠짐없이 모이기란 쉽지 않은 노릇이었다. 여타의 모임이 그랬듯, 처음 정한 날짜에 모두가 모이는 경우는 기적에 가까울 만큼 확률이 희박했다. 그러니까 다 같이 모이기로 한 날을 앞두고 누군가는 아프고 누군가는 급한 업무로 사무실에 남아 야근을 해야 하고 누군가는 멀리 떨어진 지역으로 출장이 잡힌다는 걸, 그래서 모두가 함께 모이는 날짜는 몇 번이고 바뀔 수 있다는 걸 익히 알고 있었다.

나를 포함하여 고작 넷이 전부인 이 동창 모임 역시, 조촐한 인원수에 비해, 한 번 모이려면 수많은 관문을 통과해야 하는 거국 행사였다. 창문을 내다보면 서로의 집을 찾을 수 있을 만큼 가까이 살았던 넷은 학창 시절부터 생일이나 특별한 행사가 있을 때마다 그 핑계로 만나서 시간을 보내곤 했다. 성인이 되어서도 방학이나 휴가를 같이 보내며 밀린 근황을 꼬박꼬박 챙겨 나누던 우리였지만 어린 시절부터 당연하게 여겨온 물리적 거리와 경험을 공유하는 빈도에 변화가 생겼다. 하나둘 결혼을 하더니 이제는 모두가 아이를 키우는 주부인 데다 사는 곳도 각자 달라졌다. 모두의 오고 가는 동선을 고려해 장소를 정하고, 각자 아이를 맡기고 외출이 가능한 날짜를 찾아 선점해야 했다. 사실 이런 상황이면 서서히 연락이 뜸해지고 소원해질 수도 있겠지만, 저마다의 빽빽한 일과 속 숨은 틈새로 꺼낸 조각들을 이리 꿰매고 저리 붙이면 신기하게도 넷이 밥 한 끼 같이 먹을 짬이 생겼다.

우리가 뿔뿔이 흩어져도 꾸준히 모이는 원동력이 무엇일까 생각해본 적이 있다. 우정, 의리, 책임감, 오래된 습관 따위를 나열하다 비교적 가까운 단어를 찾았는데, 그건 바로 '틈'이었다. '우리 만나자'라는 문장에서 시작하는 설렘이 미묘한 일상의 균열을 일으키고, 그 지점에서 만나 떠들고 웃으며 숨을 쉬게 하는 틈. 시간을 쪼개고 흔들어 만든 저마다의 틈바구니를 내어주는 것. 나와 너의 빈틈이 많을수록 신나는, 오랜 모임의 유지 비밀이었다.

틈을 모아 이어온 단단한 모임은 역사가 오래된 만큼 그 밀도도 묵직했다. 방학에는 계절 향기를 찾아 산과 바다로 나갔고, 모처럼의 휴일을 같이 보낼 때면 도심 한복

판을 걸거나 서로의 공간을 방문했다. 모임 날짜가 일주일이 넘게 한참 남았어도 그날 같이 먹을 음식(식사와 후식 1, 후식 2까지)을 미리 정하자며 어느 한 명이 먹고 싶은 음식 메뉴들을 쏘아 올리면, 제철 음식부터 사계절 음식이 나오는 뷔페식까지, 산해진미가 단톡방을 빼곡히 채웠다. (그러고는 매번 그날의 기분과 날씨에 따라 메뉴가 충동적으로 정해지는 식이었다.) 엄청난 경쟁률을 뚫고 선택된 만찬은 마치 군대 보내는 아들을 든든히 먹이려는 부모의 식탁처럼 푸짐했고, 우리는 한동안 만나지 못할 이들이 마지막 식사를 하듯 아쉬움 없이 깨끗하게 접시를 비워냈다.

풍성한 식사만큼 완벽한 안주는 넷이 모아 늘어놓는 이야기였다. 추한 꼴, 험한 꼴을 사이좋게 나눈 청춘의 혈맹답게 나눌 이야기는 언제나 한 보따리였고 그것이 어설픈 감정이 되어 쌓이거나 혼자만 알고 마는 기억으로 방치될 여지를 주지 않으며 열심히 떠들었다. 수업 시간에 졸다가 복도로 쫓겨난 일, 서로 사소한 일로 삐쳐서 입을 꾹 닫은 채 며칠을 보냈던 일, 좋아하는 스타의 흔적을 모으며 저지른 미련한 덕질의 기억은, 수십 년이 지난 자리에서도 당시의 상황을 증언할 수 있을 만큼 생생했다. 어쩌면 뻔한 수다가 잠들었던 뇌세포의 동면을 멈추게 하고 오히려 뇌의 주름을 촘촘하게 만드는 건 아닌지 궁금할 정도였다. 죄를 지은 것도 공소시효가 있는 것도 아닌데 헤어질 때마다 왠지 아쉬운 마음이 드는 이유도 비슷하지 않을까. 늘 그렇게 한 명 한 명의 흑역사를 온전히 꺼내야만 끈적한 기억이 끈끈한 우정이 되기라도 하는 것처럼, 코흘리개 시절도 바로 어제처럼 생생하게 떠올리게 만드니 나름 합리적인 가설이었다. 뻔한 레퍼토리와 예상 가능한 지점에서 깔깔 웃다가, 이 또한 수없이 반복되는 게 신기하여 우리는 왜 매번 했던 이야기만 또 하냐며, 진짜로 다음부터는 했던 이야기 또 하지 말자고 새로운 규칙을 정하곤 했다. 하지만 그 규칙은 단 한 번도 지켜진 적이 없었고, 그렇게 결코 지워지지 않는 시간들은 넷이 전부 모일 때만 완성되는 단골 인사가 되었다.

그런데 자꾸 미뤄지는 모임, 게다가 벌써 세 번째 취소라니. 매일 부르던 노래도 흥얼거리는 일을 하루 이틀 거르다 보면 가사가 잘 기억나지 않듯이 가까운 친구여도 자주 만나지 않으면 우연히 길에서 마주쳐도 알아보지 못할 만큼 낯선 사이가 되고 말 것 같았다. 아무리 바빠도 다 같이 밥 한 끼 먹을 여유가 없다는 건 말이 되지 않는다는 생각에 다시 톡을 보냈다.

[야야, 우리 언제 볼까.]

하나둘 답이 오는데 유독 한 녀석만 답이 없었다. 범인은 S였다. 넷 중에서 가장 소심하고 겁이 많은 녀석. 모두가 대답한 뒤 가장 마지막에야 대답하는 녀석. 그런데 이미 셋이 먼저 이러자 저러자 의견을 낸 지 한참이 지났건만 여전히 S에게선 답이 없었다. 녀석, 왜 이리 바쁜 척이야.

S의 바쁜 척이 낯설었다. S는 우리 중 가장 조용하고 성미가 느긋했다. 자기주장을 앞세우거나 취향을 드러내지 않고 다수의 의견을 신속히 따르는 편이었다. 괜찮다는 말을 자주 하는 S는 넷이 같이 무언가를 결정해야 할 때도 가장 빨리 "좋아"라고 말하는 역할이었다. 의사 결정을 하거나 다른 대화를 나눌 때도 마찬가지였다. 전공을 살려 취업할 수도 있었지만 S는 직장에 다니는 대신 아이를 키웠다. 사회생활을 하는 사람들에 비해 인간관계의 폭이 넓지 않아도 특유의 온화하고 다정한 성격 덕

분에 사람들과 원만히 지냈다. 직장에 다니는 친구들에 비해 상대적으로 연락을 주고받을 시간이 많다 보니 "우리 만나자!"라고 하면 항상 "좋아, 좋아"라고 흔쾌히 답을 주었다. 그래서 갑자기 일찍 퇴근하는 날이면 가장 먼저 떠오르는 얼굴 중 한 명이었고, 때때로 녀석의 느슨한 틈새를 비집고 들어가 나의 빈틈을 채우곤 했다.

그러던 어느 날 S가 달라졌다. S는 세탁기를 돌리고 가족들의 식사 준비를 하며 평범한 하루를 보내다 문득 밀려오는 무언가를 느꼈다고 했다. 언제부터인지 정확히 알 수 없지만 어느 순간 잔뜩 쌓인, 마치 밤새 소리 없이 내린 눈처럼 커다란 무언가가 앞을 가로막고 있는 것 같았다고. S의 틈바구니에서 이따금 들리던 한숨과, 지루한 하루 한가운데서 떠올리는 내일과, 가깝거나 먼 미래에서 갖다 놓은 듯한 공허함이 지워도 지워지지 않는 낙서처럼 그의 곁에 머물고 있었던 것 같다. 그건 '불안'이었다. 이대로 집에만 있다가는 점점 더 가난해지고 결국 닫힌 세상에 갇혀 아무것도 하지 못하게 될지 모른다고, 그동안 한 번도 들은 적 없는 새로운 목소리가 출처 없는 메시지를 담아 우연히 미궁의 세계와 닿은 S의 구멍 난 일상의 틈으로 들어왔다.

S가 해야 할 일을 찾아야겠다고 말한 몇 달 뒤, 나는 어느 분식집에서 S를 만났다. 막 개업한 그곳은 반드시 함께 가야만 하는 곳이어서 각자의 시간을 요리조리 끼워 맞춰 붙이니, 결국 넷이 다 모일 수 있었다. 사장님이 된 S를 혼쭐내려고 먹고 싶은 메뉴를 주저 없이 마구 시켰다. 우동, 돈가스, 김밥, 국수가 골고루 맛있었지만 그중 특히 김밥이 내 입맛에 딱 맞고 좋았다. 당연했다. 예전부터 많이 먹었던, S가 만든 김밥이니까. S의 첫 가게에서 모인 우리는 늘 그랬듯 푸짐하게 차려 남김없이 먹고, 뻔하지만 질리지 않는 대화를 이어나갔다. 한참을 웃고 살짝 허기를 느낄 때까지 떠들던 우리는 또 곧 다시 만나 첫 순간을 함께 보내자며 동창 모임을 기약했고, 알다시피 아직 날짜는 미정이다. 이럴 줄 알았으면 그날 미리 날짜를 잡는 건데.

넷 중에서 성미가 가장 급한 나는 S의 답을 기다리는 대신, 2년 차 사장님의 일과를 직접 훔쳐보기로 결심했다. 마침 업무가 바쁘지 않은 금요일. 점심시간 전후로 개인 용무를 볼 여유가 있어 당장 실행에 옮기기로 했다.

서둘러 채비를 마치고 S의 분식집으로 발걸음을 재촉했다. 친구가 가게 사장님이라서 좋은 점이 이런 걸까. 연락 없이 무작정 찾아갈 곳이 있다는 것. 영업일이면 언제든 얼굴을 볼 수 있다는 것.

갑자기 가슴이 콩닥콩닥 설레기 시작했다. 매일 지하철을 타고 지나다니는 곳인데 S의 가게로 가는 길이 유독 멀게 느껴졌다. 스스로 만든 깜짝 이벤트에 가장 들뜬 사람은 바로 나였다. 가슴이 하는 짓이 참 어이가 없어서 가슴에 손을 얹고 분명히 일러두었다. 난 그저 녀석의 바쁜 척을 꾸짖으러 가는 거라고. 보고 싶고, 뭐 그런 거 아니라고. 그나저나 지하철은 왜 이리 늦게 오는지, 참.

분식집 앞에 도착해 문을 열고 들어서기 전, 몸을 숨기고 얼굴만 내밀어 안을 살피니 주방에 서 있는 녀석이 보였다. S는 손이 보이지 않을 정도로 잽싸게 김밥을 말고 있었다. 반가운 마음에 S의 이름을 부를 뻔했지만 꾹 참았다. 무림의 고수가 축지법을 쓰듯 신속하게, 그러나 티 나지 않게 침착한 걸음으로 키오스크로 다가가 주문을 했다. 손님들이 식사하는 소리, 주방에서 주문을 확인하는 소리, 달그락달그락 그릇 부딪히는 소리가 들려왔다. 요란한 매장에서 S는 말없이 조리대에 시선을 고정하고 손을 바삐 움직이고 있었다. 하여간 녀석, 눈치가 없는 건 여전하군. 나는 참지 못하고 주문서를 들어 주방에 다가가 내밀며 한마디 하고 말았다.

“아이고, 사장님, 너무너무너무 바쁘시네요.”

그제야 고개를 든 S는 눈을 휘둥그레 뜨며 말했다.

“어머나, 이게 누구야? 연락도 없이!”

S는 활짝 웃으며 나를 반겼다. 오랜만이었다. 이른 아침부터 화구 앞에서 일하느라 얼굴이 빨갛게 달아올랐지만 S의 웃는 표정은 여전히 온화하고 다정했다. S의 얼굴을 보는 순간 분주했던 깜짝 방문을 저지르느라 정신이 없었던 나도 이내 긴장이 풀리며 웃었다. 뭐 시켰냐, 아침은 먹었냐, 근데 너 혹시 살 빠졌냐. 갑자기 신이 난 사장님은 마치 자기가 손님인 듯 수다를 늘어놓았다.

그런데 이 맥락 없는 수다 중에도 S는 결코 재료를 빼먹거나 멈칫하는 법이 없었다. 가게가 자리를 잡을 때까지 쉬지 않고 일해야 한다며 수백 번 수천 번 김밥을 만들었을 녀석이기에 당연했다. 김 위에 흰쌀밥을 깔고 그 위에 볶은 당근과 시금치, 햄, 어묵, 단무지 그리고 달걀

지단을 올리고 두 손으로 신속하지만 신중하게 말아 감았다. 김밥이 모든 재료를 품 안에 온전히 껴안도록 어린 아기를 쓰다듬는 것처럼 꾹꾹 눌러 말면 팔뚝만 한 김밥이 완성되었다. 공허한 일상의 틈에 빠져 우울을 심는 대신 매일 두 손으로 손수 김밥을 말며 새롭게 틈을 채워왔을 S의 시간들이 내게 보이는 순간, 깨달았다. S는 정말 너무너무 바쁜 게 맞았구나. '좋아, 좋아'라고 짧은 답장을 보낼 시간도, 이마에 맺힌 땀을 닦을 시간도 없을 만큼 빈틈없이 살아내는 중이었구나.

바쁜 사장님을 위해, 그리고 나의 점심 식사를 위해, 초고속 안부 인사를 끝내자마자 혼잡한 사람들을 비집고 들어가 구석 자리를 골라 앉았다. 깜짝 이벤트를 해냈다는 뿌듯함과 S가 허물고 새로 채워가는 녀석만의 틈을 만나는 기쁨에 가슴이 벅찼다. 물론 뜨거워진 가슴 아래에서 쿵쿵 울리는 허기 신호에 사장님을 뚫어지게 쳐다보며 김밥 좀 빨리 달라고 복화술을 쓴 건, 빠뜨릴 수 없는 우정의 표시였다.

드디어 김밥이 나왔다. 소고기 마요 김밥은 이곳의 대표 인기 메뉴이면서 S의 추천 메뉴이기도 했다. S는 배시

시 웃는 얌전한 관상과 다르게 육식에 최적화된 '건치 미식가'여서 못 먹는(뜯는) 고기가 없었다. 고기에 무척이나 진심인 '건치 사장님'은 김밥에 넣는 고기를 대함에 있어서도 거짓이 없었다. 먹을 것으로 장난치는 건 죄악이라고 믿는 훌륭한 사장님을 친구로 둔 것이 참 자랑스러웠다. (이것은 결코 S가 서비스로 만들어준 공짜 김밥 때문이 아니다.)

김밥을 말기 시작하고 S는 '살아가기'에 더욱 진심을 다했다. 막연하고 공허했던 미래에서 보낸 불안에 더 이상 흔들리지 않겠다는 의지가 담기기라도 한 듯 S가 만든 김밥은 터지거나 흐트러진 매무새 없이 단정하고 속이 가득 차 있었다. 어쩌면 이 김밥이 무기력하던 S가 찾아낸 가장 강인하고 완벽한 수제 작품일지도 모른다는 생각에, 김밥을 지긋이 바라보았다. 지금 내가 할 수 있는 가장 따뜻한 응원은 무엇일까 고민하는데 배꼽 안쪽에서 꼬르륵 소리가 울리며 정답을 외쳤다. 일단 김밥을 먹어야 한다고.

김밥을 하나 집어 입에 넣었다. 맛있다. 참 맛있다. 참 다행이다. 맛있다고 엄지척을 해주고 싶었으나 고개를 들지 못한 채 김밥 말기에 몰두 중인 S를 방해하고 싶지 않았다. 밖에서 기다리는 손님들이 보여서 서둘러 나설 채비를 했다. 그들에게도 이 맛있는 김밥을 먹을 기회를 주어야 마땅하니까. 남은 김밥 하나까지 다 먹은 뒤 지능형 '블랙컨슈머'답게 따끔히 한 줄 평을 남기고자 S에게 다가갔다.

"사장님, 오늘 김밥 맛있네요. 그래도 단톡방에 답은 해주세요."

사장님은 "이따 전화할게!"라며 활짝 웃었다. 답도 제때 안 하고 반말만 하는 사장님이라니 아직 멀었군. 나는 흐뭇한 얼굴로 빼먹었던 꾸중을 혼자만 들리게 늘어놓으며 가게를 나왔다.

그날 저녁을 먹지 않아도 될 만큼 속이 든든한 채로 잠을 청하는 동안 S가 만든 김밥을 떠올렸다. 사실은 S의 안부가 궁금했고, 어떻게 지내는지 보고 싶었다. S가 만든 김밥이 더욱 맛있게 느껴진 이유는 녀석의 정성과 손맛이 아니라 배고픔과 보고픔 때문이었는지도 모르겠다. 지금 이 한밤에도 S의 김밥이 몹시 생각나는 건, 배고픔과 보고픔이 서로 닮았기 때문일지도. 살아내고 싶고 단단해지고 싶지만 우리는 채우는 법을 잘 모르고 틈새를 다루는 데 서툴렀다. 배고픔과 보고픔을 대하는 마음은 매번 세심해야 하지만 늘 완전할 수는 없어서, 누군가 생각날 때 아껴둔 나만의 틈으로 그 사람을 온전히 채우는 일로만 다독일 수 있었다. 무언가 먹고 싶다는 건 사실 누군가 보고 싶다는 말일지도.

결국 우리 넷은 한자리에서 서로의 얼굴을 확인하는 일은 잠시 미루기로 했다. 그건 정말로 S의 김밥이 맛있기 때문이다. 진심을 담아 바쁘게 '살아가기' 중이기 때문이다. 지금 우리에게는 맛있는 김밥과 이따금 선물처럼 벌어지는 일상의 이격, 그리고 배고픔을 달래고 보고픈 마음을 어루만져줄 언제가 '다 같이 만날 그날'이 있다는 사실, 그것이면 충분하다.

# 그래도 떡볶이는 먹고 싶어

너란 아이,
참 힘들어

한동안 예능 프로그램에 푹 빠져 지냈다. 주말 오후에 깔깔 웃으며 밥 먹는 걸 좋아하는데, 때마침 밥상 앞에 틀어놓기 딱 좋은 프로그램을 찾은 덕분이었다. 제목은 〈서진이네〉. 앞서 방영한 〈윤식당〉이라는 프로그램에 나왔던 출연진들이 해외에서 작은 분식점을 차리고 가게를 운영하는 과정을 담았다고 하여 시청하기 시작했다. 유명 스타들이 김밥을 말고 서빙하는 모습이 새롭기도 했고, 특히 대한민국의 분식을 내걸고 멕시코, 그러니까 지구 반대편에서 장사를 한다니 도대체 무엇을 팔며 그걸 먹는 현지인들의 모습은 어떨지 자못 궁금하지 않을 수 없었다.

나는 분식을 먹은 외국인들의 반응을 살피며 온갖 훈수를 두었다. 김밥은 모름지기 한입에 넣어야 제맛이지, 저걸 몇 입에 나눠 베어 먹다니! 아니, 어떻게 딸랑 라면만 주문해? 저걸로는 양이 부족할 텐데, 쯧쯧. 식기 전에 면치기를 해야 땀이 쏙 빠지지. 듣는 이 없는 화면에 대고 혼자 아는 척을 늘어놓고는 이렇게 먹어야 하는 거라고 보여주듯 능숙하게 밥그릇을 비우는 식이었다.

타국에서 먹음직스러운 때깔을 잃지 않고 존재감을 뽐내는 분식들의 자태를 볼 때마다 괜히 자랑스럽고 황홀한 기분까지 들었지만 그게 전부는 아니었다. 핫도그와 떡볶이가 나올 때마다 내 마음은 어수선해졌다. 갓 튀긴 핫도그의 질감, 양념을 촉촉하게 바른 떡볶이를 마치 화장품 광고하듯 가까이 끌어당겨 화면에 담아낸 탓이었다. 포크로 집은 떡에 김이 모락모락 피어오르는 걸 보고 있자니 내 입장에선 그야말로 그림의 떡이었다. 아무리 생각해도 이건 너무했다. 매회 이런 자극적인 장면이 나오면 당장 떡볶이를 먹을 도리가 없는 시청자들은 어쩌란 말인지. 나는 열혈 시청자로서 이러한 상황을 두고 볼 수 없었다. 어떤 행동이든 취해야 했다.

내가 생각해낸 최선의 선택은 프로그램에 최대한 몰입하는 것, 즉 현지인들의 마음을 몸소 느끼는 것이었다. 그래서 주말마다 시청 시간에 맞춰 핫도그와 떡볶이를 주문했다. (누군가는 이 조합을 핫떡이라고 부른다는 걸 새롭게 알았다.) 행동하는 자에게 복이 있나니. 이렇게 맛있는 걸 즐거운 마음으로 먹을 수 있다니. 참으로 오랜만에 대한민국에 살고 있어서 감사하다는 말을 해봤다. 주말마다 부지런히 핫떡을 보고 먹으며 주방 서랍 속 젓가락 개수보다 더 많은 핫도그 꼬치들이 쌓일 즈음 〈서진이네〉는 종영했고 비로소 나는 이 루틴을 멈출 수 있었다.

그러곤 텔레비전을 없애야 할지 심각하게 고민했다. 어떤 엄마는 아이의 교육을 위해 '텔레비전 없는 집'을 결심한다는데, 우리 집은 사정이 달랐다. 스트리밍 채널이 발전하면서 대부분 태블릿 PC나 휴대폰으로 각자 원하는 영상을 시청하는 게 일반적임에도 불구하고 주말이면 우리 집 텔레비전은 바빴다. 나는 먹는 것만큼이나 텔레비전을 좋아했다. 먹는 동안 텔레비전을 보기 시작해,

이내 먹을 게 떨어지면 더 먹을 것을 가져와 그걸 다 먹는 동안 또 텔레비전을 보는 무한 굴레였다. 누가 들으면 텔레비전에 얽힌 남다른 사연이 있을 거라 기대할지도 모르겠으나 사실 그저 낡고 볼품없는 텔레비전일 뿐이었다. 10년 전 혼수용 가전을 고를 때 압도적인 화면 크기(사무실에서 쓰는 보조 모니터보다 살짝 큰 42인치)와 파격적인 가성비(실속형 IPTV여서 채널이 많지 않음)에 반해 구매했다. 그러나 세월이 흘러 어느덧 남편과 아이는 휴대폰으로 각자 취향껏 영상을 감상했고, 결국 이 텔레비전을 보는 사람은 나뿐이었다.

남다른 애정의 비화는 이게 전부지만, 나의 전유물이라 해도 과언이 아닌 이 녀석을 포기해선 안 될 이유는 분명히 있었다(고 나는 주장한다). 나는 집에서 쉴 때면 휴대폰을 보는 대신 텔레비전 앞에 앉는다. 휴대폰을 보는 순간, "이래도 안 볼 테야?" 하며 내 취향을 꿰뚫은 알고리즘의 지뢰밭을 빠져나가지 못하고 추천 영상들에 붙잡히고 말 테니까. 그것은 마치 나를 위해 거하게 준비된 코스 요리를 주는 대로 꾸역꾸역 받아먹는 기분이었다. 그에 비해 텔레비전은 내가 입력한 채널만 출력하니 머리 아플 일이 없었다. 리모컨으로 이것도 누르고 저것도 누르며 변덕을 부리는 일도 소소하게 철없이 굴 수 있는 특권 같았다. 사실 허영을 부리자면 거실 벽면을 가득 채운 대형 화면에 돌비 사운드를 장착한 스피커로 감상하고 싶지만 10년 넘게 녀석을 바라보며 웃고 울었더니 정이 많이 들었나 보다. 선명도나 원근을 출력하는 기능이 떨어져 축구 경기를 보려면 공이 골대로 들어간 건지 밖으로 나간 건지 재차 확인해야 했지만, 음식만큼은 확실히 맛깔나게 표현한다고 자부했다. 실제로 화면 속 멕시코의 화창한 하늘은 강릉 하늘과 비슷해 보였지만 라면을 처음 먹는 현지인의 표정과 그 맛은 화면을 뚫고 생생하게 전달되고 있었다. 게다가 먹는 장면 속에 첨가된 알 수 없는 소리(예를 들면, 츄르릅, 쩝, 커어 등등)는 스페인어를 몰라도, 자막을 보지 않아도, 생생한 미각을 품은 채 나의 코와 눈과 귀로 흘러 들어왔고, 그것을 보고 있는 나는 이미 그들의 식구였다. 42인치 화면은 내게 밥을 먹으며 외부 세계와 만나는 가장 큰 창문이었다.

42인치 화면이 제 몫을 묵묵히 해냈기에 텔레비전은 더 이상의 사이즈업 없이 그대로였지만 내 허리 둘레는 그렇지 않았다. 1년 사이 무려 3인치가 늘었다. 건강검진 결과지를 받은 날, 나는 예상하지 못한 숫자에 당황하여 실수로 결과를 공개하고 말았다. 낙담한 나의 뒤통수를 가엾게 여긴 아이는 나를 대신하여 친절하게 결과지를 소리 내어 끝까지 읽어주었다. 그리고 내게 묻기 시작했다.

"엄마, 3인치는 몇 센티미터야? 고위험군이 무슨 뜻이야?"

순간 나는 두려웠다. 아이의 입으로 들은 숫자들이 경고의 눈으로 나를 노려보는 것 같았다. 나는 다짜고짜 텔레비전을 탓했다. 저것만 없었어도 내가 그렇게 철없이 먹진 않았을 거라고.

나는 공감을 얻고자 이런 잠정적 결론을 주변에 이야기했다. 그러나 다이어트 중인 동료들은 안타까운 표정으로 말했다. 단연코 텔레비전과 분식에는 죄가 없다고. 그들이 지적한 부분은 내가 밥을 먹을 때 '무엇'을 보느냐였다. 무엇을 보는지에 따라 식욕이 오르거나 되레 떨어지기도 한다고. 가령, 식당 손님의 반응을 관찰하는 예능 대신 건강 문제를 심도 있게 다룬 다큐멘터리(이를테면 〈현장르포, 배달 음식과의 전쟁〉 혹은 〈나는 몸신이다〉 등등)를 본다면 덩달아 나의 건강을 염려하게 되어 식욕을 잃을 거라는 전략을 제안해주었다.

나는 그 제안에 흔쾌히 동의했다. 텔레비전을 치우지 않아도 될 뿐만 아니라 건강을 돌보는 일반인들의 실제 사례를 보며 제대로 정신 차릴 수 있는 기회 같았다. 그렇게 마음먹은 김에 채널을 고르기 시작, 고심 끝에 내가 선택한 방송은 〈생로병사의 비밀〉이었다.

채널 '다시 보기'를 눌러 들어가보니 간판 다큐멘터리 채널답게 다양한 주제를 다루고 있었다. 고혈압, 당뇨, 관절, 감염질환부터 정신질환까지, 건강검진표에서 보고 지나간 질환들은 이미 한 번쯤 출연했던 것 같았다. 몇 회차부터 볼까. 회차 정보를 훑어보는데 제목들이 심상치 않았다. 소리 없는 살인자, XXX와의 전쟁, □□의 경고, △△△의 은밀한 함정. 섬네일 속 풍경은 일반인들을 자연스럽게 찍은 듯하여 이질감이 없는 반면, 당장이라도 큰일이 난 것처럼 엄중하고 무시무시한 글씨체로 내건 헤드라인이 묘하게 매력적이었다. 아주 자극적이고 좋군. 나는 일단 만족했다.

큰 기대 없이 아무 회차나 골라 재생했다. 사연의 주인공은 간이 센 음식을 좋아하는 사람이었다. 밥과 밀가루를 좋아하고 스트레스를 받는 날엔 맵고 짠 음식을 즐긴다고 했다. 주인공의 건강 상태를 살펴본 의사는 객관적이면서 단호하게 경고했다. 이대로 계속 드시면 알고 계신 성인병 가운데 어느 하나도 피할 수 없을 거라고. 그 자리에서 고혈압을 진단받은 주인공은 짠 음식을 끊기 위해 조리법과 식단을 바꿔나갔다. 나 역시 맵고 짠 음식을 좋아하기에 주인공의 상황이 유독 안쓰러웠다.

"그래도 고혈압은 무서운 질병이니 이겨내야 해."

나는 가까운 미래의 나에게 말하듯 영상 속 주인공을 향해 말했다.

그런데 희망적으로 일과를 이어나가던 주인공이 별안간 저녁 반찬으로 떡볶이를 끓이기 시작했다. 바라보는 취재진을 향해 웃으며 한마디 하는 말이, 매운 음식이 원래 좀 짜다고. 그러더니 밥에 떡볶이를 곁들여 먹는데 젓가락질이 예사롭지 않았다. 잘 먹는 사람들은 대부분 (먹는 법을) 잘 배운 사람들이었다.

에구구, 저러면 안 되는데.

나는 안타까운 마음에 얼굴을 찡그리며 주인공을 노려보았다. 잔소리를 한마디 더 내뱉으려는 찰나, 갑자기 허기가 몰려왔다. 야무지게 떡볶이를 집어 먹는 모습에 내 손도 젓가락을 찾는지 근질근질했다.

정신이 나간 게 분명했지만 고혈압 환자의 떡볶이를 탐낸 건 분명한 사실이었다. 주인공이 떡볶이 국물에 밥을 비벼 먹을 때 참 야무지다고 감탄한 것도 사실이었다. 지긋지긋한 식탐은 생로병사의 비밀 따위엔 관심이 없었다. 나는 주인공이 밥 한 공기를 말끔히 해치울 때 덩달아 쾌감을 느꼈다. 너무 몰입하여 본 것이 문제였을까? 맛있어 보인 떡볶이 조리법이 궁금했다. 혹시 몰라서 해당 회차를 인터넷에 검색했더니 상세한 조리법은 찾을 수 없었지만 꽤 많은 시청자들이 그 떡볶이를 기억하며 댓글을 달아두고 있었다. 나만 궁금한 게 아니어서 다행이라 생각하며 댓글 중 하나에 '좋아요'를 눌렀다. 딱 내가 하고 싶은 말이었기 때문이다.

[우울할 때마다 이 영상을 보러 와요. 떡볶이를 너무 맛있게 드셔서 저도 같이 행복해져요.]

건강 다큐 충격 요법은 기대했던 만큼의 효과는 없었

다. 입맛은 그다지 줄지 않았고 오히려 밥상 다큐가 체질이 아닐까 싶을 정도로 비슷한 종류의 다큐멘터리를 찾아보게 되었다. 그러면서 나는 자연스럽게 타인의 밥상 곁을 지키며 그들을 응원하고 있었다. 그것은 단순히 남이 먹는 모습을 보며 느끼는 허기와 달랐다. 그들이 누리는 먹는 즐거움을 온전히 계속 이어나가길 바라는 마음과 그런 행복이 나와 다른 이들에게 닿기를 바라는 거룩한 인류애였다. 물론 허리둘레 1인치만 줄이고 나면 나도 모조리 다 먹어버릴 거라는 기약 없는 주문과 죄 없는 떡볶이를 노려보며 입맛을 다시는 애잔함은 덤이었고.

결국 얼마 안 가 입맛을 떨어뜨리는 네거티브 전략은 그만두었다. 오히려 텔레비전 앞에서 더 제대로 차려 먹기로 마음먹었다. 우리는 좋아하는 일을 더 진심으로 좋아하기 위해 치러야 하는 과정을 알고 있다. 그것은 부지런하면서도 최선을 다하게 되는 밝은 열정이다. 나는 무작정 맛있어 보인다 싶어 충동적으로 음식을 주문하던 습관 대신 먹고 싶었던 음식을 미리 떠올리며 정성을 다해 준비했다. 고혈압 특집을 본 날은 담백한 메뉴를, 방부제 특집을 보고 나면 유기농 식단을 찾아보며 새로운 메뉴를 만났다. 천천히 고민하여 정한 주말의 특식으로, 나는 서툴지만 나만의 취향과 건강을 돌보는 작은 기적을 실천하는 중이다.

행여나 42인치 텔레비전 속 타인의 메뉴가 탐이 나도 괜찮다. 허리에 빼앗긴 3인치를 고스란히 반납하는 상상을 하며 타인의 황홀한 순간을 열렬히 축하하고 다음 주말의 메뉴로 잘 기억해두면 되니까. 다음 메뉴가 쌓일수록 설렘도 늘어나니 어찌 좋지 아니한가.

이렇듯 다이어트는 해야 하지만 핫도그가 먹고 싶을 때, 성인병 걱정 없이 살고 싶지만 떡볶이는 먹고 싶을 때, 나는 텔레비전 앞에 앉는다. 오늘도 나와 당신의 안녕한 밥상을 기대하며.

# 3부

우리는 누구나 먹요일을 누릴 수 있기에

# 미워도 다시 한 끼

사랑한다면 보온 도시락처럼

매일 당연히 마주치는 것들이 유독 눈에 거슬리는 날이 있다. 나는 평소 호불호를 드러내지 않아 무던한 편이지만 한 번 크게 거슬리는 것에는 단호하게 구는 괴팍한 면도 있다. 내게 미움받을 무언가가 결정되면 특별한 이유 없이 싫어하는 색을 입히고 볼품없는 부분을 굵게 덧칠하곤 했다. 원망과 짜증을 담아 선명하고 또렷하게 미움을 그려나가는 작업은 마치 행운의 편지를 써서 옮기듯 맹목적이고 단순했다. 이를테면 몇 년 동안 옆집 대문에 붙어 있던 다 해진 판박이 껌 스티커가 보기 싫어 온

종일 흘겨보다 결국 볼펜으로 그어버렸던 일, 비좁은 신발장 한가운데 놓인 동생의 운동화가 그냥 싫어 앞부리를 힘껏 짓밟은 일, 수업 시간에 필기해둔 메모의 글씨체가 마음에 들지 않아 몇 페이지를 통째로 새로 적은 일, 늘 다니는 하굣길이 너무 지겨운 나머지 한참을 돌아서 집으로 갔던 일이 그랬다.

시험을 앞둘 때면 더욱 예민해졌다. 나만 아는 룰렛을 돌리듯 행운의 편지를 받을 주인공을 정하고 미움을 가득 쏟아내는 일이 잦아졌다. 수능 시험을 보기 전에 치른 마지막 모의고사 날도 그랬다. 알람 소리에 눈을 뜬 순간 더는 듣고 싶지 않은 나머지 시계의 건전지를 모두 빼버렸다.

학교 갈 준비에 바쁜 나를 위해 그날도 할머니는 아침 식사를 차려놓고 기다리고 있었다. 국에 말아서 한 숟가락 먹고 가. 갓 끓인 미역국을 보는 순간, 시험 보는 날 미역국을 먹으면 성적이 미끄러져 떨어진다는 괴담이 떠올랐다. 바쁜데 언제 식혀 먹느냐고 짜증을 부리며 돌아섰다. 할머니는 황급히 나를 따라 나왔다. 이거 챙겨 가야지. 보온 도시락이었다. 일단 받아 들고 나왔지만, 그날

따라 더 묵직한 도시락이 성가신 짐 덩어리처럼 느껴졌다. 따뜻하고 뽀송뽀송한 밥을 담은 도시락이라는 이름과 다르게 매끈하고 단단한 스테인리스 통은 피부에 닿을 때마다 전해지는 촉감이 차가워서 싫었다. 아침부터 나를 조여오던 저주의 기운을 받아내기 적절한, 내가 찾던 '밉상'에게 심통을 부리며 주먹으로 툭툭 때렸다. 주먹질 두 번 만에 벌겋게 부어오른 성난 손등과 다르게 보온 도시락은 그저 평온해 보였다. 나는 그 모습이 미워 도시락을 가방 속 깊숙이 넣었다.

오전부터 늦은 오후까지 이어진 시험을 끝내고 교문을 나설 때부터 몸 상태가 평소보다 좋지 않았다. 긴장을 많이 한 탓이라 생각해 시간이 지나면 괜찮을 거라 믿고 집 근처로 향하는 마을버스에 올라탔다. 손잡이를 잡고 섰지만 윗배를 강하게 조이는 기분 나쁜 통증이 이어지더니 집 근처 정류장에 내릴 때는 허리를 펼 수 없는 지경에 이르렀다. 지팡이만 없지 허리가 완전히 꼬부라진 할머니와 다름없이 등을 하늘로 향한 채 가다 쉬길 반복하며 겨우 집에 도착했다. 시험도 망쳐 속상한데 몸까지 아프니 너무 서러워 집 앞에서 그만 눈물이 났다.

눈이 퉁퉁 부은 채 들어오는 나를 보며 무슨 일 있냐고 묻는 할머니를 보는 순간 눈물이 쏟아졌다. 잘하고 싶어 애쓴 시간이 억울해서, 이유를 모르는 통증이 버거워서 시작한 울음은, 온종일 나를 따라다닌 저주와 미움이 영원히 달라붙어 떨어지지 않을 것 같은 두려움이 더해지며 대성통곡으로 이어졌다. 할머니는 한참을 바라보더니 조용히 가방을 열어 보온 도시락을 들고 갔다. 그렇게 혼자 눈물을 쏟아내는 중에 할머니가 다시 방에 들어오더니 말했다.

"밥 먹자. 그래야 기운이 나지."

밥 한 끼 거르는 게 뭐 그리 대수라고. 할머니의 말을 외면한 채 책상에 얼굴을 묻었다. 배를 찌르는 고통은 점점 심해졌다. 더 앉아 있기도 힘들어 바닥에 누워버렸다. 내심 가족들이 와서 병원에 데려다주길 기대했다. 이렇게 아픈데도 이래라저래라 잔소리하진 않겠지.

다시 방에 들어온 할머니는 몸을 돌돌 말고 구르는 나를 보더니 다급히 내 배를 살폈다. 어디가 아파서 그러냐. 여기가 아프냐. 누가 쥐어짜는 것 같냐. 몽둥이로 쿡 찌르는 것 같냐. 질문을 던지며 배를 몇 번 쓰다듬던 할머니는 단호한 얼굴로 내게 말했다.

"밥 먹어. 조금이라도 먹어야 안 아파."

계속되는 할머니의 끼니 타령에 나는 기가 차서 울음을 멈췄다. 순간 오기가 생겼다. 밥을 억지로 먹고 더 아파서 할머니의 말이 완전히 틀렸다는 걸 증명하겠다고 마음먹었다.

수저를 챙겨 식탁에 앉았다. 밥과 미역국. 시험 날 아침부터 지독히 나를 따라다니던 저주의 수프를 결국 마주했다. 이 모든 게 바로 밥 때문이야. 미역국이 불운을 가져온 거야. 나는 잔뜩 화가 난 얼굴로 밥과 국을 노려보았다. 말없이 미역국에 밥을 말았다. 다른 반찬은 거부한 채 국밥에 숟가락을 꽂고 입에 가득 욱여넣었다. 할머니는 말없이 내 대접에 국물을 더 넣어주었다. 나는 국물이 식을 틈도 주지 않고 단숨에 국밥을 해치운 뒤 다시 방으로 들어갔다.

이제 곧 배탈이 날 터이니 준비를 해야 했다. 통증이 더 심해져 구토나 기절을 하게 될지도 모를 일이었다. 두려움에 몸을 웅크린 채 벽에 기대앉아 호흡을 가다듬었다. 다가올 고통을 기다리며 눈을 감고 숫자를 세었다.

하나, 둘, 셋……. 그런데 이상하게도 시간이 지날수록 호흡이 가라앉았다. 아플 준비는 끝났지만 펜으로 쿡쿡 찌르듯 조여오던 통증이 점점 멎어들었다. 설마 그럴 리가 없음에도 불안한 마음으로 천천히 허리를 펴보았다. 허리를 꼿꼿이 곧게 세우고 앉아도 전혀 아프지 않았다. 이제 앉아도 된다는 허락을 받은 죄수처럼 쇠사슬을 끊고 비로소 기립근을 세워 일어섰다. 언제 그랬냐는 듯 편안해진 자세 덕분에 묘한 안도감을 느끼는 동시에 생각이 복잡하게 엉키며 머리채를 부여잡았다. 먹고 나니 나아버렸다. 할머니가 맞았구나. 아파야만 이길 수 있는 미움이 결국 백기를 들었다.

이럴 줄 알았으면 순순히 밥부터 챙겨 먹을걸. 눈물 콧물 흘리며 난리를 치던 모습이 떠올라 민망하면서도 도대체 아까 그렇게 아팠던 이유가 몹시 궁금했다. 아주 어릴 때 할머니가 들려주시던 말을 떠올렸다.

"즐거울 때도 미울 때도 살아내야 하는 건 똑같어."

때때로 세상이 나를 버린 것 같아 너무 힘들고 고단해도 꿋꿋이 밥을 챙겨 먹고 걸어나가던 시절의 이야기였다. 굶어 죽을 위기를 겪으며 살아남은 전쟁 세대의 고리타분한 옛이야기를 들려주던 할머니. 그래도 제법 살아갈 만하다고 위로하는 따뜻한 밥 한 끼를 품은 보온 도시락 같은, 때로는 차갑지만 단단하게 묵직한 길을 걷는 할머니였다. 어쩌면 할머니가 노상 강조하던 '밥 한 숟가락'은 세상을 미워하지 않으려는 당신의 의지였을지도 모른다.

때마침 거실에서 할머니가 과일을 먹으라며 나를 부르는데 멀쩡한 상태로 걸어 나가면 엄살을 부린 꼴이 될까 봐 일부러 허리를 살짝 굽히며 지친 표정으로 방문을 열었다. 할머니는 구부정하게 걸어 나오는 나를 가만히 쳐다보았다. 눈치를 챈 건지 뭔지, 알 수 없는 표정으로 내게 말을 던졌다.

"반찬이 성에 안 차도 밥은 한술 꼭 챙겨 먹어야지. 그래야 아프지가 않어."

한결같은 말에 내 몸은 말랑말랑해졌다. 나는 비로소 퉁퉁 부어오른 심통을 내려놓고 허리를 곧게 세워 할머니 곁으로 다가가 앉았다. 이제 다 나았다고, 괜찮다고 웃어 보였다. 그날 밤, 더 이상 아픈 데 없이 편안하게 잠이 들었다. 그 이후로도 불안과 두려움이 미움과 저주를 다시금 만들어냈지만 더 이상 미리 걱정하지 않기로 했다. 언제고 끼니를 잘 챙겨 먹으며 가던 길을 가라는 말처럼, 불행과 미움으로부터 나를 지키는 밥을, 그 단단한 온도를 기억해낼 테니까. 불현듯 아무거나 붙잡고 원망하고 싶을 때 나는 그저 미움 덩어리를 꺼내 뽀송뽀송한 밥에 비벼, 따끈한 국물에 넣어, 훌훌 말아 먹으면 될 테니까.

# 그 우유는 피보다 진하다

## 나누면 더 진해지는
## 마성의 셰이크

"너는 혈액형이 뭐야?"

혈액형 괴담이 쏟아지던 90년대 어느 3월의 새 학기 첫날이었다. 처음 만난 옆자리 친구는 다짜고짜 내게 물었다. 나는 조심스럽게 입을 열었다.

"난 B형."

"정말? 나도 B형인데. 잘됐다!"

당시 성격 분류 방식 중 대중의 압도적인 지지를 받던 혈액형 분류법은 학창 시절의 시작을 결정하는 중요한 수단이었다. 실제로 살면서 가장 많은 사례를 남긴 유사과학이었고, 새 친구를 사귀기 위해서라면 기꺼이 풀어야 하는 가장 친근하고 친애하는 문제이기도 했다. 네 가지 유형 중에 답이 있다는 친절한 객관식이기 때문만은 아니었다. 실제로 B형 짝꿍을 만난다는 건 비슷한 성향의 친구와 대부분의 시간을 보낸다는 걸 의미했다. 물론 궁합이 맞지 않는 혈액형을 짝꿍으로 만난다면 다른 처세가 필요했다. 이를테면 AB형에겐 희소하고 특별한 새 친구를 만났다는 의미 부여를, O형에겐 왠지 둥글둥글 어디서든 잘 지낼 것 같은 느낌이라고 다짜고짜 칭찬을, 그리고 A형에겐 (한국에 가장 많은 혈액형이니) 내가 아는 누구도 A형이라며 정서적 거리를 좁히는 식이었다. 물론 B형을 만난다면 어쩔 수 없이 같은 혈액형에만 건네는 립서비스가 있어서 평소보다 더 수다스럽게 첫날을 보낼 수 있었다. (참고로 고등학생 때 첫 헌혈을 하고 나서야 비로소 내 혈액형이 O형이라는 충격적인 사실을 알게 된다…….)

혈액형을 묻고 답하며 급하게 낯가림을 숨겨도 여전히 책상과 책상 사이에 어색함은 남아 있었다. 하루만 지나도 어제는 몰랐던 이름과 얼굴이 선명해질 만큼 낯선 공기가 빠르게 걷히더니, 다음 날부터는 하나씩 보이는

(혹은 보여주는) 서로의 모습을 곁눈질하며 먼저 말을 붙여 다가가는 아이, 쪽지를 건네는 아이, 같이 놀 사람은 여기 붙어라 하며 엄지손가락을 번쩍 치켜드는 아이까지, 제법 교실에 열기가 올라왔다.

나는 그 열기를 반기면서도 좀처럼 적응하지 못했다. 집에서는 선머슴 같다고 놀림을 받는 나였지만 막상 교실에서는 처음 알게 된 급우의 이름을 먼저 부르는 것마저 쉽지 않을 만큼 숫기가 없었다. 담임 선생님이 자신의 이름을 칠판에 쓰면 나는 새 학기 첫날에 주어진 숙제처럼 알림장에 적고 작게 소리 내며 외웠다. 선생님의 이름을 외우고 나면 옆자리와 앞자리, 뒷자리, 한 자리 건너 옆 분단 아이들 얼굴을 슬쩍 쳐다보며 머릿속에 담았다. 친한 친구와 같은 반이 되었다면 이렇게 뻘하게 긴장할 필요도 없을 텐데. 하긴, 반 배정의 요정은 한 번도 내 편인 적이 없었는걸.

체념하듯 손가락으로 연필을 돌리고 있는 내게 짝꿍은 나를 처음 본다며 먼저 말을 걸었다. 이런 고마운 짝꿍이라니. 그 덕분에 혼자 칠판 위에 걸린 교훈을 바라보며 심심하지 않은 척을 하거나 애꿎은 알림장에 그리고 싶지 않은 낙서를 하지 않아도 되었으니까. 우리는 간단한 출신 정보(작년에는 몇 반이었는지) 및 호구 사항(형제자매가 있는지와 어디 사는지)에 대한 정보를 나눴지만 그것도 잠시, 곧이어 둘 사이에 다시 정적이 흘렀다. 뭘 물자니 성가신 질문 같아서 입 속으로 넣어두고 자리를 뜨려는데 짝꿍이 또 한 번 내게 먼저 물었다.

"너, 우유 좋아해?"

우유. 단백질과 지방을 골고루 섭취할 수 있는 국민음료 우유는 학교를 다니면서 매일 마시게 되었다. 2교시 수업이 끝나면 우유 당번은 신속히 복도로 나가서 초록색 상자를 들고 와야 했다. 교실 뒤에 상자를 끌어다 놓으면 곧바로 우유 급식이 시작되었다. 우유를 마시고 나면 배가 살살 아픈 탓에 마시길 꺼렸지만 담임 선생님은 우리에게 우유를 남김없이 마시라고 강조했다. 키가 크려면 반드시 다 마셔야 하는 우유였기에 특별한 사정이 있는 게 아니라면 대부분 우유 급식을 받았다.

다만 그것을 대하는 아이들의 모습은 사뭇 다양했다. 신나게 뛰어가 우유를 가져와 그 자리에서 벌컥벌컥 원샷을 때리는 녀석들도 있지만, 혹시라도 우유가 모자라

길 바라며 결국 마지막 남은 본인 몫을 해결하기 위해 한 모금, 아니 반 모금, 아니 반의 반 모금씩 핥아(?)먹는 거북이 무리도 있었다. 나와 짝꿍이 바로 그 거북이였다. 우유를 남기는 사람과 남기지 않는 사람으로 나뉘는 교실에서 나에게 우유를 좋아하냐고 묻는 사람은 없었다. 그래서 그 질문은 내게 특별했다.

"난 흰 우유가 너무 싫어."

"맞아. 허여멀건 게 달지도 않고 별로야."

짝꿍의 말에 나는 호들갑을 떨며 고개를 흔들었다. 비밀스러운 개인사를 나눈 우리는 우유라는 커다란 공동의 적을 중심으로 세세한 취향을 확인하며 비슷한 부분을 찾아나갔다. 우유가 싫은 이유도 비슷했다. 우유를 먹으면 배가 아파올 것 같아서 불안하고, 2교시에 어설프게 우유로 배를 채우는 게 싫으며, 특히 흰 우유에서만 나는 비린 향이 끔찍했다. 도대체 흰 우유를 강제로 먹게 만든 사람은 무슨 마음으로 우리를 괴롭히는지 모르겠다고 아무 이름을 공책에 적고 저주를 퍼붓기도 했다.

그러거나 말거나 2교시 수업이 끝나면 등장하는 흰 우유를 어떻게 처치하느냐가 매일의 숙제였던 어느 날,

짝꿍이 책상에 무언가를 올려놓고 손바닥을 덮은 채 주변을 살피고 있었다.

"나, 그거 가져왔어. 들키면 안 되니까 신속하게 움직이자."

어딘가 부자연스러운 표정과 날쌘 손놀림에서 풍기는 분위기와 함께 책상 위는 순식간에 밀수의 현장이 되었다. 그것은 노란 비닐봉지에 담긴 갈색 가루 때문이었다. 무엇이든 최고의 맛으로 바꾸는 교실의 혁명, 바로 네스퀵이었다. 칼질과 낙서로 뒤덮인 교실 책상에 살짝 흘려도 거의 티가 나지 않는, 보호색마저 훌륭한 네스퀵은 우유가 버거운 우리의 입맛을 지켜주는 믿음직한 비밀 병기였다.

그러나 문제는 교실을 돌아다니는 녀석들, 일명 '하이에나'였다. 녀석들은 우유 급식 시간이면 빠짐없이 교실을 어슬렁거렸는데, 매일 거르지 않고 우유를 챙겨 먹어서 그런지 또래에 비해 키가 훤칠했다. 게다가 몇 초면 우유 한 팩을 단숨에 해치우는 마성의 속도를 뽐냈다. 녀석들은 입가에 우유 방울을 묻힌 채 오십여 개의 책상에서 벌어진 크고 작은 사정을 살피기에 최적화된 신체적인 장점과 시간적 여유를 가진 완벽한 밀수 사냥꾼이었다. 어느 날 그들 중 한 명이 우리의 가루 놀이를 발견한 듯 성큼성큼 다가왔다.

"그거 뭐야? 나도 먹을래."

번뜩이는 눈으로 얼굴을 들이미는 녀석 앞에서 짝꿍은 황급히 손을 들어 봉지를 가렸다. 그리고 손가락을 입에 갖다 대며 눈으로 말했다. 쉿. 은밀한 거래의 시작을 의미하는 신호였다. 짝꿍은 나와 녀석에게만 들릴 법한 목소리로 상황을 조율했다. 우리에겐 두 팩의 우유가 있고 네스퀵 한 봉지의 권장 정량은 200밀리리터 우유 한 팩이라는 점, 가루를 흘리지 않되 주변에 들키지 않도록 신속하게 우유에 타야만 제대로 된 초코 우유 맛이 난다는 점을 강조했다.

그 대목에서 나는 그만 침을 꼴깍 삼켰다. 나와 짝꿍은 네스퀵 한 봉지를 반으로 나누어 각각 자기 우유에 타 먹었는데, 살짝 연한 코코아를 먹는 정도의 풍미여서 이보다 더 진한 맛이면 더 좋겠지만 그래도 이게 최선의 농도라고 여기며 즐기던 중이었다. 그런데 실수로 발각되어 우유가 추가되기라도 한다면 네스퀵을 더 많이 나누어야 하고 결국 흰 우유에 코코아 가루가 살짝 묻은 맛, 초코 우유도 아니고 흰 우유도 아닌 어설픈 맛 우유를 먹게 될 거라는 생각에 가슴이 더욱 콩닥콩닥 뛰었다.

짝꿍은 완벽한 복화술로 밀수를 통솔했다. 일단 나와 하이에나는 가루가 흩날리거나 남지 않고 우유팩 주둥이로 들어가는 것을 지켜보며 아무 일 없다는 듯 무표정으로 일관했다. 키가 큰 하이에나는 노란 봉지가 보이지 않도록 외부의 시선을 차단했고 나는 우유팩 주둥이가 움직이지 않도록 꽉 붙잡았다. 짝꿍이 네스퀵 봉지를 손가락으로 튕기며 마지막 가루를 넣으면 나는 한 손으로 다음 우유팩의 주둥이를 갖다 대는 동시에 다른 한 손으로 첫 번째 우유팩의 주둥이를 닫아 빠르게 흔들어 섞었다. 그렇게 두 팩의 우유가 준비되자 나와 짝꿍이 주둥이에 입을 대지 않고 롱테이크로 한 모금씩 마셨고, 남은 3분의 1가량의 우유를 하이에나가 마무리했다. 네스퀵 마법을 부렸어도 나에게 우유 한 팩은 여전히 버거운 양이었다. 그렇기에 하이에나는 밉지 않은 우유 해결사였다. 나와 짝꿍은 과하게 배부르지 않아 좋고, 하이에나는 흰 우유도 먹고 코코아 우유도 먹어서 좋으니, 우리는 악어와 악어새가 부럽지 않을 만큼 환상적인 팀이었다.

◉

수년이 지나고 억지로 꾸역꾸역 할 일을 해나가는 것에 익숙한 어른이 되었다. 쉬는 시간을 같이 보낼 친구 대신 휴대폰을 붙잡고 잡무를 처리하고, 너무 달아서 입맛에 맞지 않는 아이스 초코로 코코아 수혈을 마치면 이것도 나쁘진 않다고 위로하는 나이. 스스로 무엇을 원하는지 묻는 것조차 귀찮은 나이. 그런데 그런 나이가 정해져 있던가. 어쩌면 아직도 옆에 앉은 누군가가 뭐라도 먼저 물어주길 기대하며 교실 앞을 서성이는 어리숙하고 유치한 시절을 헤매고 있는지도 모른다.

낯선 곳에서 어색한 얼굴로 업무를 보다가 잠시 하던 일을 멈춘다. 학교로 치면 2교시가 막 끝난 시간이다. 마트에서 점잖은 200밀리리터 흰 우유를 고른다. 우유팩 입구를 열어 기운이 절로 솟아나는 갈색 가루를 절반 넣고 주둥이를 꽉 여민 뒤 남은 기운을 다해 흔든다. 쉐킷쉐킷. 보글보글 섞이는 소리에 혹시 누군가 궁금해서 쳐다보면 그저 눈을 맞추며 씨익 웃고 만다.

당시 하이에나가 말했다. 우유팩 흔들고 있는 애들은 십중팔구 네스퀵 밀수자들일 거라고. 나는 그 말을 떠올리며, 혹시 어디선가 쉐킷쉐킷 소리에 미어캣처럼 반응하며 일어나 어슬렁거리고 있을 녀석을 상상한다. 또한 은밀한 작전을 펼치며 누군가에게 마법의 에너지 셰이크를 나눠주고 있을 짝꿍을 상상한다.

업무 중 휴식 시간이 우유처럼 밋밋하게 지나가는 게 아쉬워 여럿이 즐길 만한 커피와 코코아 믹스를 여러 개 골라본다. 언제 어디서든 새로운 친구의 취향을 궁금해하고 기꺼이 마법 같은 맛과 시간을 내어주는 것, 그보다 확실하고 용기 있게 손을 내미는 방법은 없었으니까. 어쩌면 그 시절의 짝꿍은 지금도 새로운 친구를 사귈 때 이렇게 물을지도 모르겠다.

"너 혹시 네스퀵 좋아해?"

# 사랑하면 손이 가는

## 달콤 고소한 과자 한 봉지의 자유

유독 일이 손에 잡히지 않는 날이 있다. 하루 종일 회의를 하고 노트북을 붙잡고 있었는데도 일을 끝내지 못하거나, 원래 일이라는 게 정답이 없다고 능숙하게 자기최면을 걸어도 결국 메일을 쓰고 지우다 끝나버리는 그런 하루. 분명히 지난번에 모두 정리해둔 작업인데 다시 보니 수정할 부분이 너무 많은 걸 깨닫고 놀라, 그대로 멈춰 가위눌린 듯 굳어버린 하루.

그날이 그랬다. 조금만 더 하면 끝낼 수 있다고 눈을 부릅뜬 채 주문을 외우며 업무 속도를 올렸지만 창밖은 이미 어두웠다. 결국 매듭을 짓지 못하고 퇴근길에 나섰다. 한 시간을 걷고 타고 또 걷다 보니 어느덧 집 근처에 다다랐다. 그제야 아직 저녁을 먹지 않았다는 사실이 머리를 스쳤다. 그 충격이 꽤 컸는지 머리가 지끈지끈 아프고 어지럽고 급기야는 손까지 떨렸다. 밤에 불쑥 올라오는 허기는 예정에 없던 야근만큼 반갑지 않은 불청객이었다. 이미 밤 10시가 넘은 거리는 인적이 드물었고 점포 대부분이 문을 닫아 어둑어둑했다. 꺼져가는 마음처럼 컴컴한 골목은 그날따라 왜 이리 길고 지루한지.

스무 걸음마다 만나는 가로등에 비친 진회색 보도블록을 조심조심 따라 걷다 보니 다행히 길이 서서히 밝아왔다. 골목 어귀를 환히 비춘 불씨의 근원은 다름 아닌 길모퉁이에 자리한 동네 마트였다. 굵고 또박또박한 글씨체가 입혀진 마트 간판과, 입구 앞 천막에서 날 좀 보라며 '1+1' 딱지를 붙이고 쪼르르 앉아 있는 상품들이 나를 맞이했다. 있을 건 다 있다고 소문난, 바로 그 마트였다.

동서남북 어디서든 이곳을 찾을 수 있을 만큼 밝게 불을 밝히는 매장 전구와 흥겹게 흘러나오는 유행가가 만들어내는 분위기는 미처 하루를 끝내지 못한 사람들이 기꺼이 눈과 귀를 내맡길 만큼 화려했다. 오늘을 충동적으로 마무리할 최후의 기회일지도 모르는 생각이 든 순간, 때마침 영업을 마감하러 나온 사장님이 밖에 내놓은 물건들을 정리하고 있었다. 그날따라 하나둘 자리를 떠나는 물건들이 영영 눈앞에서 사라질 것처럼 느껴졌다. 나는 바로 지금 이 순간이 오늘 남은 마지막 타임라인임을 직감하며, 주유 경고등이 울리는 자동차처럼, 아껴 쓰고 있던 열량을 모조리 태울 기세로 전력을 다해 매장으로 질주했다. 가판 매대가 입구를 가득 채운 채 어수선하게 서 있었지만 기어코 그 사이를 능숙하게 비집고 지나쳐 식료품 코너에 안착했다.

고생 끝에 낙이 오듯, 배고픈 맹수가 마침내 찾아낸 그곳은 수십 가지 봉지 과자가 모여 있고 그들이 가득 품은 질소만큼 나의 기대감도 부풀어 오르는 곳, 주전부리의 낙원인 스낵 코너였다. 서너 개 담았을 뿐인데 이미 가득 차버린 장바구니가 아쉬웠지만 배는 점점 더 고파왔다. 더 이상 지체할 수 없어 계산대로 갔다.

"이 시간까지 아이가 안 자고 기다리나 보네요. 과자

사 간다고 약속하셨나 봐요."

사장님은 따뜻한 눈빛으로 모성애 넘치는 훌륭한 엄마를 격려하고 있었다. 그런데 이를 어쩌지. 사실 이 과자들은 모두 내가 먹을 예정인걸. 굳이 길게 설명하지 않고 허허 웃기만 했다. 두 손으로 들고 갈 수 없어 일반 쓰레기 종량제 봉투에 야무지게 담아 들었다. 이토록 거대하지만 하나도 무겁지 않은 질소 포장에서 느껴지는 아쉬움과, 자칫 쓰레기 더미로 오해받을 과자들에 대한 미안함이 뒤섞였다. 당연히 아이에게 줄 과자라고 믿는 사장님의 천진난만한 시선 탓에 내가 먹을 과자를 내 것이라 자랑하지 못한 게 억울했지만, 어쨌든 지금 내 품에 과자들이 있고 그것들을 안고 집으로 가고 있는 게 마냥 신이 나서, 마치 선물 보따리를 가득 짊어진 산타클로스처럼 웃었다.

과자는 밤에 먹으면 특히 맛있다. 퇴근 후 오롯이 혼자 해결해야 하는 끼니라면 더더욱 그렇다. 기본적으로 과자는 1인분이기에, 밤이 가진 고요는 과자를 부수는 가장 적절한 데시벨을 제공하고, 새벽을 앞둔 고독은 과자의 고소함을 끌어 올리는 든든한 조력자다. 또한 밤이

주는 은밀한 기운도 빼놓을 수 없다. 인자한 미소를 짓는 산타클로스가 사실은 은밀한 일을 꾸미는 악당일지 모른다던, 반전 드라마 중독자의 말을 떠올리며, 이유 없이 들키고 싶지 않은 마음에 곧바로 까치발을 들고 방으로 향했다.

아이가 잠든 걸 확인한 뒤 방문을 닫고 거실로 나왔다. 드디어 비밀스럽고 본격적인 진짜 작업을 시작할 시간이다. 구체적으로 말하자면 짐 풀기, 영어로 '언박싱'이라고도 일컫는 이것은 과자를 온전히 즐기기 위해 깔끔히 해내야 하는 필수 과정이다. 여기서 중요한 건 태도다. 거실을 채운 적막을 깨지 않을 만큼 조용하고 엄숙하게 행동하되, 지체 없이 부지런하게 짐을 풀고, 타인을 배려하되 게으름을 부리지 않는 태도 말이다. 과자 봉지를 던지듯 쏟으면 불필요한 소음이 발생해 가족들의 잠을 깨울 우려가 있고, 또한 과자가 가진 특별한 속성인 바삭함을 최대한 살려 빠르게 먹기 시작해야만 스낵의 신선함과 풍미를 제대로 즐길 수 있으니까.

종량제 봉투에서 빠져나오는 봉지들은 이번에도 새우깡, 꼬깔콘, 감자칩, 홈런볼이다. 한식으로 치면 된장찌개나 김치찌개처럼 아주 어릴 적부터 많이 먹던 평범한 구성이다. 그렇게 과자를 바닥에 흩어 쏟으면 다시 고민에 빠진다. 하루를 빠르게 곱씹으며 얼마나 짜고 얼마나 달며 얼마나 바삭하고 얼마나 부드러운 조합이 필요할지 결정해야 한다. 고심하여 선택한 두 봉지만 남겨두고 나머지는 곳간에 넣어둔다. 곳간은 거실에서 가까운 수납장 한 구역에 자리하고 있다. 오늘 지나고 내일이면 텅텅 빌 예정이어서 크고 넓은 공간은 필요하지 않다. 아, 먹기 전에 쓰레기 종량제 봉투는 옆에 둔다. 다 먹은 봉지를 넣어 모아 두기 위함이다. 혹시 다 먹지 못하고 과자가 남을 경우는 어떻게 하냐고? 만약 그렇다면 어찌할지 생각을 해보겠지만 여태껏 다 먹지 않고 남긴 경우는 없었다. 나라는 사람이 과자를 공기 중에 오래 노출하는 과오를 저지를 리 없다. 혹시라도 초대용량 포장이 나오거나 봉지 과자 중에서 질소가 차지하는 비중이 줄어든다면 고민해볼 문제지만 아직은 시기상조다.

봉지 과자를 즐기기 위해 가장 중요한 시작은 봉지 뜯기다. 봉지 상단의 입구를 반듯하게 뜯는다면 어떤 도구도 필요 없이 온전히 과자를 즐길 수 있다. 그러나 입구를 양쪽으로 처음 당겼을 때 한 번에 개봉되지 않는다면, 음, 두세 번 더 끈질기게 당겨야 한다. 그래도 되지 않는다면 너덜너덜 늘어난 봉지 입구, 그러나 그 초라한 모습에 비해 너무도 끈질기게 열리지 않는 입구에 그만 화가 날 수 있다. 그러나 너무 걱정할 필요는 없다. 몇 걸음만 움직이면 주방 서랍에 닿으니까. 봉지를 한 번에 개봉하지 못하면 바로 서랍을 열어 가위를 꺼내기 위한 동선까지 고려한 계획이니까.

갓 개봉한 봉지 속에서 가장 맛있어 보이는 과자 조각을 고른다. 예를 들어 새우깡은 노릇노릇하게 익어 가장 바삭해 보이는 것을, 감자칩이라면 칩이 너무 크지 않고 마치 소고기처럼 분말 가루가 적당히 마블링이 된 조각을 고른다. 이것은 봉지 과자를 먹는 과정 중 가장 황홀한 순간에 대한 예의다. 그러고 나면 그저 손이 가는 대로, 손에 잡히는 대로 지체 없이 먹는다. 자유롭게 그저 손짓이 휘날리는 그대로 집어 먹고 베어 먹고 쪽쪽 빨아 먹는다. 먹는 내내 어떤 도구도 필요하지 않고, 먹는 방법이나 순서도 없으며, 거침없이 즐기면 그만인, 그런 과자의 자유로움이 좋다.

나의 이 과도한 과자 사랑의 시작은 20년 전으로 거슬러 올라간다. 명절이면 아이들은 어른들의 담소(잔소리)를 피해 할아버지 방에 모여 놀았다. 우리가 텔레비전을 보거나 종이에 낙서를 하고 있으면 삼촌은 노크도 없이 벌컥 방문을 열었다. 깜짝 놀라 고개를 들면 삼촌은 장난기 가득한 미소를 지으며 과자 더미를 와르르 던져 주었다. 그러고선 나와 사촌들 틈에 비집고 앉아 과자 봉지를 하나씩 뜯으며 말했다.

"너희들 그거 아니? 새우깡을 짱구에 끼워 먹으면 맛있다."

죠리퐁과 인디언밥은 우유에 말아 먹고, 새우깡은 짱구에 끼워 먹고, 바나나킥과 맛동산은 입안에 넣어 천천히 녹여 먹고, 빠다코코넛은 데운 초코 우유에 찍어 먹고, 야채타임과 쟈키쟈키는 케첩에 찍어 먹고. 삼촌은 큰 주먹으로 과자를 한 줌 쥐어 입에 털어 넣었다. 나와 사촌들도 이에 질세라 한 손으로 과자를 입에 넣고 다른 한 손으로는 그만큼을 더 집으며 맹렬하게 한 봉지 한 봉지 처리해냈다. 명절 특선 영화를 보며 누웠다가 또 앉아서 집어 먹고, 돌아다니다가 또 폴짝폴짝 뛰며 남은 과자를 집어 먹다 보면 영화는 끝났고, 우리는 노곤한 눈을 비비다 적당히 서로 비켜 누워 잠이 들곤 했다.

지금은 편의점과 동네 슈퍼마켓 어디서든 쉽게 구하는 유일무이한 스테디셀러지만 과자는 여전히 오랜만에 만나는 옛 친구처럼 그리운 대상이었다. 그도 그럴 것이, 임신 후로 아이를 키우는 날 내내 입고 먹고 자는 모든 것이 크게 바뀌었기 때문이다. 특히 마트에서 자주 가는 구역이 바뀌었다. 스무 살이 된 뒤부터 나는 장바구니에 주저 없이 맥주부터 담고 곧이어 스낵 코너로 향했었다. 그러나 이제는 그러는 대신 '1+1' 꼬리표가 달린 특가 코너에 간다. 눈길조차 주지 않았던 유기농 코너에서 제철 식품을 담으며 내 머릿속 레시피는 오로지 생후 만 1년도 되지 않은 연약한 존재를 향해 있었다.

아기의 등장과 함께 우리 집 곳간은 방부제 프리, 농약 프리를 선언했다. 아기를 향한 걱정과 애달픈 마음만큼 더 많은 예산, 그리고 그것을 지불할 결심이 필요했다. 떡뻥과 유기농 과일, 무항생제 달걀과 동물복지 마크가 달린 한우팩이 그랬다. 자주 사는 물품은 프리미엄 라인으로 교체되었다. 신선 코너에 머무를 때면 깐깐한 엄마 필터를 장착한 채 의무감을 다해 사치를 부렸다. 그렇게 정기 배송된 식품들을 정성껏 요리하고 절대 식재료를 버리지 않으며 카드 결제액이 연체 없이 빠져나가도록 통장 잔고를 지키는 것이 나의 소명이었다.

'유기농'이라는 이름으로 시작하는 것들은 다 그런 걸까? 왠지 영양가 풍부한 재료를 넣어 만든 완벽함이 내 안에서 과부하가 걸려 온전히 즐길 수 없는 비운의 명작이 되어버리는 것 같았다. 짜릿함도 풍족함도 피가 되어 들끓지 못하고 모두 배설될 뿐이었다. 게다가 유기농 특수 효과로 과도하게 건강해진 뇌는 한 입 삼킬 때마다 내가 지금 몇천 원어치를 먹는 건지 재빨리 계산해버렸고, 급기야는 아기가 먹다가 손으로 짓이긴 한우 구이를 새로운 요리로 재탄생시키는 연금술까지 터득하고 말았다. 연금술엔 화려한 재료와 열정이 필요했기에, 아이가 먹다 남긴 달걀찜(재료는 유기농 완전 방사 유정란)과 아이가 손으로 주물럭거린 한우 구이(재료는 제주 풀을 먹여 키운 무항생제 한우 안심)를 한데 모아 밥을 넣어 온 힘을 다해 섞어 비볐다. 쉐킷-쉐킷 외치며 완성한 오늘의 특식. 그런데 도대체 이건 무슨 맛이지? 지금까지도 그 맛을 표현할 길을 몰라 일단 '유기농 맛'이라고 부른다.

맛을 잃어 절망에 빠져 있던 어느 날, 나를 위한 맛있는 주말을 보내겠다는 결심으로 마트로 향했다. 차 시동을 거는 순간부터 으름장을 늘어놓았다.

"오늘은 무조건 내가 원하는 걸 살 거야."

이미 며칠 전에도 왔던 마트. 딱히 필요한 게 없는데도 장을 보자고 급히 챙겨 입고 나왔는데, 무엇을 사야 할지 막막했다. 음, 아이가 좋아하는 딸기? 아동용 치약? 이가 많이 났으니 칫솔도 단계를 바꿔줘야지. 아, 요즘 발이 부쩍 컸던데, 양말……? 내가 쓰기에 적합하지 않은 물건들 앞에서 서성이며 요리조리 눈동자를 굴리고 있던 참이었다.

"엄마, 저기 과자 엄청 많아."

아이는 특가 코너에 잔뜩 쌓인 과자 더미를 가리켰다. 고개를 돌리는 순간 비현실적인 광경을 마주했다. 비발광 물질에서 뿜어내는 광채. 그곳에는 무심히 쌓아놓은 듯한 수백 개의 과자가 있었다. 가격은 더욱 완벽했다. 잔뜩 쌓인 과자 중 아무거나 골라 큰 종이 봉투에 열 개 담으면 칠천 원이었다. 게다가 동네 슈퍼마켓에선 찾을 수 없는 옛날 과자들이었다. (그러니까 다시 말하면 나는 그 과자들을 꼭 사야만 했다.) 나와 남편은 며칠 굶은 사람들처럼 침을 꼴깍거리며 큰 봉투에 과자들을 주워 담았다. 아이는 우리의 손놀림과 터질 듯 부풀어가는 거대한 종이 봉투를 보며 고개를 절레절레 흔들었다.

"꼭 〈센과 치히로의 행방불명〉에 나오는 엄마랑 아빠 같아."

아이는 치히로의 엄마 아빠가 음식의 유혹에 넘어가 위험에 처한 장면을 설명하며 충동 구매를 막으려 애를 썼다. 그러나 과자 더미에 사로잡힌 충혈된 눈과 떨리는 손가락은 과자 개수를 세기에 바빴다. 이건 세 개 넣고, 이건 빼고, 그건 더 담고……. 나는 과자 담기에 몰두하는 동안 부끄러움을 몰라야 했고 아이보다 더 유치하고 대책 없이 굴기 위해 최선을 다했다. 혹시라도 만화 속 등장인물처럼 어려움에 처하더라도, 언젠가 영웅이 나타나 나를 구해낼 거라는 믿음을 간직한 아이처럼, 과자를 담고 또 담았다.

그날 이후로 '과자에 눈이 먼 엄마' '철없는 엄마'라는 오명을 썼지만 나는 아무 일 없었다는 듯이 다시 유기농 엄마로 돌아갔다. 그러나 콩 심은 데 콩 나고 과자 심은 데 과자가 나는 법. 아이는 기괴한 취향을 조금씩 물려받았다. 콜라와 젤리, 다른 과자에는 전혀 관심이 없는 반면, 봉지에 든 감자칩은 매일 먹어도 질리지 않는다는 듯이 즐겼다. 아이가 봉지 과자를 고를 때마다 두 가지 내적 갈등이 나를 괴롭혔다.

첫째는 "과자는 몸에 해로우니 안 돼요"라고 말해야 하는, 취향과 이상의 충돌이었다. 그토록 증오했던 어른들의 변명을 떠올렸다. 이를테면 "나는 먹어도 되지만 너는 안 돼"라고 말하는 '내로남불'식의 논리. 아이를 위해 수제 쿠키를 굽지만 막상 본인은 배달 야식을 먹는 인스턴트 육아의 모순을 꼬집는 숱한 비난이 나를 겨냥하는 것 같았다.

그러나 가장 순수했던 시절에 나를 채우고 나를 위로하던 과자는 어른이 되기 위해 네버랜드를 포기해야 했던 나 자신에게 남긴 유일한 유물이었다. 과자에 깃든 신성한 정신을 되새기며, 누구나 평등하게 즐길 수 있는 범세대적 간식마저 비겁한 어른들에게 빼앗길 수 없어서, 과자에 대한 불필요한 음해를 단념하며 입을 꾹 닫았다.

그리고 이어진 두 번째 갈등은 "그래, 먹고 싶은 거 골라봐"라고 말하며 내가 먹을 과자를 훨씬 더 많이 고르려는 욕구였다. 평소 나의 눈썰미는 형편없기로 유명하지만, 스낵 코너에만 오면 나도 모르게 광각렌즈가 작동하며 진열대에 놓인 과자들이 한눈에 들어왔다. 충분한 재고량을 갖춘 제품부터 새로 출시된 제품까지 예외 없이 다독이는 넓은 마음과 시야 덕분에 그들을 모른 척하고 지나가기란 쉽지 않았다. 다시 시선을 돌렸다가 멈추고 또 뒤를 돌아보는 중에, 아이는 유치원에서 배운 그대로 "먹고 싶은 만큼, 먹을 만큼, 하나만 고를 거예요"라고 또렷하게 외쳤다. 그 말이 기특하기보다는 원망스럽게 들렸다. 한 개만 골라야 한다는 틀에 박힌 사고방식이라니. 왜 하나만 먹는 게 정량이라고 생각할까? 속으로 수많은 문장을 두고 고르는데 아이가 나를 보고 말했다.

"엄마도 엄마를 위해 먹고 싶었던 거 골라."

그 말 한마디에 나는 비로소 문장을 고를 수 있었다. 그래, 바로 그거였다. 내가 좋아하는 걸 담기. 올바르고 고상하며 의젓한 나 말고, 스낵 코너를 즐겨 찾던 내가 좋아하는 것들로. 우리는 봉지 과자를 품에 안고 걸으며 노래 가사를 흥얼거렸다.

손이 가요, 손이 가. 어른 손 아이 손. 언제든지 맛있게.

◉

마음 한구석에 어린아이가 웅크리고 앉아 있는 날이면 어김없이 장바구니에 봉지 과자를 담는다. 익살스러운 과자 이름을 따라 읽으며 얘도 좋고 쟤도 좋다고 너스레를 떨며 씩 웃는다. 제각기 공기를 양껏 머금은 뚱뚱한 봉지를 만질 때마다 나는 부스럭거리는 소리가 대책 없이 좋다. 철없는 어린 마음과 답 없는 과자 사랑, 시간이 지나도 변하지 않는 입맛을 거기 담는다. 웅크려 있던 아이는 봉지 과자를 안아 들고 일어선다. 봉지 과자만 있다면 어떤 불행이 갑자기 찾아와도 솜사탕을 든 아이처럼 거뜬히 세상을 움켜쥐고 계속 걸어갈 수 있을 것 같은 용기가 솟는다.

오늘도, 사랑하면 손이 가는, 한 봉지의 자유를 나에게 선물한다.

# 어른을 위한 생일상

고기 한 점 없이 차려낸
풍성한 응원

스무 번째 생일을 앞두고 짐을 쌌다. 어른이 되는 가장 낭만적인 방법을 찾다가 고른 '여행'이었다. 태어나서 처음 떠나는 해외여행이자, 혼자만의 여행이기도 했다. 자세히 고백하자면 해외 자원봉사 프로그램에 지원한 것인데, 총 기간은 14주, 약 100일 동안 호주에서 머무는 여정이었다. 자원봉사에는 딱히 관심이 없었지만 저렴하게 해외에 나갈 수 있는 가성비 좋은 선택지였다. 방학에 잠시 다녀오는 것으로도 충분하지 않냐는 가족들에게 별다른 여지를 주지 않으며 혼자 결정했다. 부모님은 아마도 내가 장기 해외 체류를 통해 새로운 경험을 많이 하고픈 욕심에 휴학을 선택한 거라 믿었을 것이다. 그러나 공식적인 휴학의 사유와 해외 장기 체류의 그럴듯한 계획은, 실은 '낭만'이라는 단어를 빌려 급하게 치장한 '현실도피 프로젝트'에 가까웠다.

성적에 맞춰 대학 전공을 선택했지만 흥미를 느끼지 못했다. 학교생활은 지루했다. 대학생이 되면 하는 것들을 어설프게 흉내 내며 생긴 인간관계와 연애에 관한 비뚤어진 고집으로 누군가를 사랑하는 시간보다 미워하는 시간이 많아졌다. 마음에 상처가 날 때마다 자기 위안을 핑계로 밤새 술을 마셨다. 그런 생활이 반복되다 보니 어느 순간 뾰루지가 하나둘 나더니 결국 얼굴 전체로 번지고 말았다. 알고 있지만 모른 척 미루고 피해왔던 허영과 좌절의 조각들이 끝내 나를 찾아와 압류 딱지를 붙인 것처럼.

연고를 바르기 위해 거울 앞에 섰다. 붉게 점령당한 자국을 하나하나 들여다볼 때마다 내가 파괴한 것들이 스쳐 지나갔다. 교복을 입고 등교하던 평범한 학생은 더 이상 없었다. 상실한 것들을 갚아 연체된 나를 되찾기 위해 당분간 학교에 가지 않기로 했다. 아니, 그보다 아무도 나를 모르는 곳으로 가고 싶었다.

꽤 그럴듯한 이유를 만들어 로맨틱한 도망을 정당화하는 데 성공했지만 짐을 싸면서도 딱히 신나지 않았다. 영어권 국가에서 영어도 배우고 단체 생활을 하며 봉사 활동도 했다는 한 줄가량의 문장을 이력서에 추가하는 것 외에 개인적인 기대는 없었다. 휴학 기간 내내 잘 숨은 뒤, 지질한 내 모습이 잊힐 때쯤 학교로 돌아간다는 막연한 계획이었다. 무덤덤한 나와 다르게, 나보다 먼저 해외에 다녀온 선배들은 입학 2학기 만에 휴학을 감행하는 나의 방랑을 환영했다. 격한 축하에 빠지지 않는 덕담들, 예를 들면 어학연수를 가도 영어 실력은 거의 늘지 않을 것이고 여행 중에 평생 해보지 못한 고생을 맛보게 될 거라는 예언은, 해외에 처음 나가는 나에게 다소 진부한 농담처럼 들렸다. 그들이 어떻게 겁을 주든 나는 개의치 않고 그저 도피에 충실한 여행임을 스스로 주지시키고 있었으니까. 게다가 늘어난 담배와 주량을 뽐내며 괴상한 장르의 노래를 듣고 머리를 더 노랗고 빨갛게 염색하는 그들을 보며, 해외여행과 인간의 성숙은 전혀 관계가 없음을 이미 눈치채고 있었다. 그럼에도 불구하고 그들이 내 술잔을 부지런히 채우며 재차 해주던 말, 그래도 한 번쯤 해볼 만한 경험이라는 혀가 꼬인 조언만큼은 여권을 챙길 때마다 떠올렸다. 혼자 떠나는 거룩한 도피가 무섭고 버거울 때 적당히 원망하기 좋은 레퍼런스였기에. 더불어 새로운 곳에서 만 스무 살이 되면 어떤 일이 벌어질지 궁금해하면서도, 결국 아무 일도 일어나지 않을 걸 증명하기 위해서라도.

열 시간의 비행 끝에 처음 만나는 외국에서 짧은 영어로 묻고 물어 찾아간 곳은 브리즈번 근교의 허름한 주택이었다. 그곳은 자원봉사자들이 모이는 본부이자 봉사 기간에 머무는 숙소였다. 거실에는 새로운 경험을 하고자 찾아온 한국인, 중국인, 일본인, 영국인, 독일인, 그 외 다양한 국가에서 온 외국인들이 모여 있었다. 처음 합류한 사람들은, 나를 포함하여 모두가 커다란 배낭에 짐을 가득 넣어 매고 있었다.

우리는 배정된 방에 각자 자리를 잡았다. 배낭을 풀어 짐을 정리하는데, 저마다 짊어진 사연과 여행의 이유(혹은 도피의 이유)를 잔뜩 꺼내 훤히 보이는 곳에 두거나 배낭 속에 더 깊숙이 밀어 넣었다. 프로그램의 특성상, 나는 매주 새로운 사람들과 한 팀이 되어 환경 보호 지원이 필요한 교외나 소도시를 다녔다. 그리고 활동 첫날, 선배들이 조언한 '평생 해보지 못한 새로운 종류의 고생을 맛보게 될 것'이라는 말을 바로 이해했다. 해외에 나간 것만 처음이 아니라 허리까지 올라오는 거대한 잡초를 베어내고 영화에서나 볼 법한 정글에서 곡괭이로 땅을 파며 길을 만드는 일도 처음이었다. 내가 이걸 하려고 휴학을 하고 악착같이 돈을 모은 거였어? 허공에 이유를 묻다 지쳐 그대로 잠드는 밤이 몇 주나 이어졌다.

◉

에밀리를 만난 곳은 시드니 근교의 어느 작은 마을이었다. 프로그램을 함께하며 친해진 동갑내기 친구 Y를 비롯한 네 명의 한국인과 미국에서 온 에밀리는 한 주간 같은 팀으로 배정받았다. 한국에서 낫조차 잡아본 적 없어 멀뚱히 서 있는 넷과 다르게 큰 키에 검붉은 근육질의 에밀리는 이런 일이 익숙한 사람처럼 한 손으로 곡괭이를 집어 날랐다. 여간해선 힘든 내색을 하지 않고 어떤 고된 일도 척척 해내는 만능 일꾼이었다. 친구 Y의 말에 따르면 에밀리는 미국의 유명 대학에서 공부와 연구를 하는 엘리트라고 했다. 그 말에 학창 시절 1등을 도맡아 하고 체격이 좋아 운동까지 잘하는 미국 하이틴 영화의 주인공을 떠올렸다. 탄탄대로를 걸어온 그녀를 이곳에 데려온 건 어떤 권태였을지 궁금했다.

다행인 건 함께 작업을 수행하게 된 첫날부터 일정이 바쁘다는 점이었다. 우리에게 배당된 임무는 토박이 풀을 보호하기 위해 외래종 잡초를 발라내고 마을 하천의 수심을 측정하는 작업이었다. 오전에는 제초 작업을 끝내고 오후를 꽉 채워 수심 측정을 마치니 벌써 해가 지고 있었다. 작업을 정리하며 일과를 마친 우리는 픽업트럭에 모여 앉아 저녁거리를 사러 마트로 향했다.

작업을 하면서 오전과 오후에 먹는 식사는 주로 식빵과 사과, 바나나, 각종 채소와 햄으로 만든 샌드위치였다. 그즈음 수제 샌드위치가 지겨웠던 나는 마트로 가는 차 안에서 다급히 말했다.

"우리 오늘 저녁은 다른 거 해 먹자."

에밀리에게도 서툰 영어로 반복해서 설명했다.

"노 샌드위치, 어나더 푸드."

내 말을 이해한 에밀리는 활짝 웃으며 흔쾌히 그러자고 하며 새로운 메뉴를 고민하기 시작했다. 그렇게 시작된 메뉴 전쟁. 먹는 것에 진심인 한국인들은 자기가 먹고 싶은 걸 무작정 나열했다. 된장찌개나 김치찌개에 이어 평양냉면, 김치찜, 간장게장까지, 가관이 따로 없었다. 그런데 문득 갑자기 밀려드는 한국 음식 생각에 나도 모르게 속마음이 튀어나왔다.

"사실 나 곧 생일인데 집밥이 많이 그리워."

생일이라는 말에 모두의 시선이 내게 모였다. 저녁에 무엇이 먹고 싶냐는 누군가의 질문에 가장 먼저 생각난 음식은 불고기였다.

삼대가 함께 지내는 우리 집에서 '생일'이란 이른 새벽부터 끓여둔 미역국에 갓 볶은 불고기를 첫 끼니로 먹는 날을 의미했다. 그날 평소보다 일찍 일어나면 불고기 만드는 과정을 처음부터 지켜볼 수 있었다. 할머니는 먼저 사과와 양파를 강판에 곱게 갈아두고 얇게 썬 고기를 세수 대야만 한 다라이에 넣어 간장을 콸콸 부었다. 이어서 갈아둔 양파와 사과를 넣고 다진 마늘도 넣고 참기름도 넣었다. 그러면 그때부터 벌써 나 좀 먹어보라는 불고기의 향긋한 유혹이 시작되었다.

그러나 할머니는 다라이를 킁킁거리며 냄새를 맡고는 이제 다 됐다고만 할 뿐, 당장 불고기를 구워줄 생각이 없었다. 오히려 다라이를 저만치 밀어두고 다른 반찬을 챙기러 가버렸고 나는 혹시나 파리가 꼬일까 노심초사하며 신문지로 통을 덮어놓고 보초를 섰다. 내가 자리를 떠나지 못한 채 양념이 고기에 스며들 때까지 기다리는 시간은 대략 30분. 침을 꼴깍 삼키며 기다린 나에게 보상을 주듯 할머니가 가장 큰 프라이팬을 꺼내 불고기 몇 주먹과 대파를 썰어 넣어 볶으면 아침부터 동네방네 잔칫집이라고 소문내듯 푸짐한 향기와 푸근한 열기로 가득한 생일상이 차려졌고, 마음도 기운도 함께 불타올랐다.

나는 그 순간의 기분을 에밀리에게 'fire meat(불고기)'라고 엉성하게 설명할 수밖에 없어 아쉬웠다. 한국 음식을 먹어본 적이 없음에도 나의 추억을 공감하기 위해 끝까지 포기하지 않고 듣던 에밀리는 결국 고개를 끄덕였다. 어떤 음식인지 알 것 같다며 '러블리'를 수차례 외치고, 재료만 있다면 꼭 만들어보라며 상냥하게 맞장구를 쳐주었다.

동양인이 많지 않은 지역이라 그런지, 꽤 큰 대형 슈퍼마켓에서도 한국 식재료를 찾아볼 수 없었다. 그래도 한국의 맛을 비슷하게 흉내만 내도 좋겠다고 생각하며 익숙한 식재료를 고르고 아쉬운 마음에 양념장 코너를 다시 둘러보는데, 까만 양념장 하나가 낯이 익었다. 'Soy Sauce', 바로 간장이었다. 처음엔 영어와 한자가 섞인 라벨이 어색하게 느껴져 정체 모를 기괴한 양념이 아닐까 의심했다. 그러나 까만 용액, 검은 먹물색이나 은은한 초콜릿색과는 다른 '까만' 색에서 뿜어 나오는 신묘한 아우라를 나는 알아볼 수 있었다. 점도가 거의 없는 맑고 가벼운 질감 위에 입힌, 오랜 시간 고집스럽게 발효되며 자리 잡은 고약하면서도 선명하게 짭조름한 색. 마치 수없이 많은 양파와 마늘을 까느라 눈물을 흘리며 부지런히 아침을 담아낸 할머니의 또렷하고 단단한 눈동자를 닮은 색이었다. 내가 먹어온 그 간장이 맞다고 확신하며 양념장을 카트에 담았다.

숙소에 도착하자 허기를 달래기 위해 일단 식빵 하나

를 입에 물고 식재료를 꺼내 손질하기 시작했다. 양파를 까고 소시지에 칼집을 내는데 에밀리가 다가왔다. 특별한 요리에 도전해보고 싶은데 간장을 써도 되겠냐는 청이었다. 나는 에밀리의 새로운 도전에 환호를 질렀다.

"에밀리, 간장과 양파만 볶아서 먹는다고 해도 충분히 멋진 식사를 즐길 수 있을 거야."

에밀리도 간장을 덜어 손가락을 찍어 먹어보더니, 고개를 끄덕이며 대답했다.

"그래, 해보자Sure, let's go!"

나와 Y가 소시지구이를 맡고 에밀리가 간장 요리를 하는 동안 고소한 냄새가 숙소를 가득 메웠다. 익숙한 향기를 따라가보니 에밀리가 간장 소스와 여러 재료를 섞어 요리하고 있었다. 우릴 향해 웃으며 설명을 하는데, 사실 네가 말한 그 불고기가 어떤 음식인지 궁금했다고. 게다가 너의 생일이 곧 다가온다고 들었다며, 에밀리는 자신이 만드는 첫 'Fire meat'를 보여주었다. 팬에 구워 모두가 맛을 보는데, 처음 먹어보는 훌륭한 맛에 놀라고 말았다. 도대체 무슨 마법을 썼냐고 물으니, 에밀리가 웃으며 비법을 털어놓았다.

"맞아, 이건 비밀 고기Secret meat야."

그러더니 냉장고에서 꺼낸 건 바로 콩고기였다.

"사실 나는 채식을 하고 있어. 고기를 먹지 않아. 그 대신 콩고기로 고기와 비슷한 맛을 내서 요리를 하기도 해."

그 순간, 픽업트럭 안에서 깔깔거리며 주고받은 철없는 대화가 머리를 스쳐 갔다. 캥거루 스테이크, 코리안 치킨과 물회까지, 육해공을 섭렵한 촘촘한 육식의 경험을 경쟁하듯 떠들면서, 그저 웃으며 고개를 끄덕이던 에밀리에게 한 번이라도 어떤 음식을 즐기는지 묻지 않은 것을 몹시 후회했다. 미처 배려하지 못해 미안하다고 사과하며 채식을 시작한 계기가 무엇인지 물었다. 에밀리는 지금도 그때를 생각하면 웃음이 나온다며 10여 년 전을 회상하듯 이야기를 시작했다. 도서관에서 무심코 골라 집은 책을 읽다가 동물을 도축할 때 나오는 생체 폐기물이 바다와 토양의 주 오염원이라는 걸 우연히 알게 되었다고. 사람들은 더 저렴하게 고기를 먹기 위해 공장형 축사를 우후죽순 세웠고, 그 저렴한 고기가 되기 위해 태어나는 가축들이 점점 늘어간다는 사실에 큰 충격을 받았다며, 그날 저녁 식사부터 도축된 고기를 먹지 않았고 그게 지금까지 이어져온 것일 뿐이라고. 에밀리는 대단한 사명감을 느끼거나 평생 반드시 지켜야 할 종교 또는 규율이라 여기고 시작한 건 아니라고 강조했다. 그저 매일 더 나은 것을 행하기 위해 선택했을 뿐.

에밀리의 불고기는 내게 매우 특별했다. 스무 번째 생일을 축하하는 요리였고, 내가 받았던 것 중 가장 낭만적인 축하였다. 나는 고마운 마음에 에밀리를 힘껏 껴안았다. 초라한 생일Ugly birthday을 보낼 거라 생각했던 나에게 이런 특별한 요리를 선물해줘서 고맙다고, 서툰 영어를 탓하며 고마움을 전했다. 에밀리는 자신만의 방식과 재료로 신념과 마음을 담아 누군가의 생일을 챙겼다는 사실에 기뻐했다.

그날 늦은 밤까지 식탁에 앉아 일기를 썼다. 이 순간 주어진 재료와 시간, 나의 신념과 마음의 여백을 내어 마음껏 그리워할 용기를 얻었다. 밝게 빛나던 어린 나를 떠올리며 동그란 얼굴을 그리고 미소를 크게 넣었다. 덧그릴수록 아이의 얼굴은 점점 선명하게 드러났다.

어른이 된다는 건 여전히 유쾌하지 않았다. 보드라운

살결을 벗겨내고 단단한 껍질을 붙이는 일처럼 따갑고 거추장스러웠다. 아름드리나무 사이로 나와 비로소 따가운 햇살을 마주하며 그늘을 만드는 지루한 일이었다. 그럼에도 불구하고 스스로 옳다고 믿는 일들을 수행하고 계속 걸어가보는 원천이 되는 것이 나이 듦이 아닐까 생각했다. 에밀리의 콩고기가 나의 스무 번째 나이테를 응원했듯, 어른이 된다는 건 저마다의 생태계를 꾸려 자기 몫을 하고 타인에게 몫을 내어주는, 그러면서도 항상 두려움을 안고 어린 날의 촉감을 잊지 않는 일 같았다. 그렇게 스무 번째 생일에 나는 비로소 연약한 나를 껴안으며 어른의 탄생을 축하했다.

만 스무 살, 법적 성년이 된 후에도 뜸을 들이고 누룽지를 만들 듯 어른이 되는 시간이 필요했다. 무사히 대학을 졸업하고 경제 활동을 시작하며 가정을 꾸리는 매 순간, 다시 스무 살의 어린 어른이 되어 떨리는 손으로 나이테를 그렸다. 두 번째 스무 살을 앞둔 지금도 당장 내일 어떤 일이 벌어질지 알 수 없어 두렵다. 이 두려움과 불안이 시간이 지나 그리움이 될 때 나는 스무 살의 나처럼 그럴듯한 계획을 세워 도망칠지도 모른다. 다시 낭만을 찾아 뒷걸음질 치며 눈을 질끈 감고 주저앉아 아이처럼 울지도 모른다. 그럴 때 스스로에게 기꺼이 그리움과 두려움에 잔뜩 취할 낭만을 선물할 어른이 되어 있길 바란다.

아마도 나는 서툰 영어와 더듬거리며 완성한 대화와 너무도 다른 취향과 경험의 간극에서 완성한 낭만의 시간을 그리워할 것이다. 어른이 되어도 계속 두려워하고 그리워하길 주저하지 말라는 다짐과 나 또한 언제든 누군가를 응원할 수 있다는 믿음으로. 다시 만나도 서툴게 더듬거리며 부족한 문장을 건네고 말겠지만, 여전히 내 것 같지 않은 어린 시간들과 그때의 나를 그리워하며 에밀리와의 만남을 기다린다.

# 스트리트 도넛 파이터

우우우, 너의 향기가 바람에 실려 오네.
-자우림, 〈스물다섯, 스물하나〉

거리에서 자욱하게 올라오는 연기를 보면 계절의 변화를 실감한다. 발길 닿는 곳마다 울긋불긋한 낙엽이 쌓일 무렵이면 겨울 채비를 하는 어수선한 틈 사이로 한 평도 되지 않는 간이 포장마차가 길목에 자리한다. 따뜻한 간식을 입에 넣고, 가슴 가득 묘한 설렘을 품에 안고, 거리의 맛을 탐닉할 때가 된 것이다. 그럴 때마다 계절에 맞춰 순번을 바꾸며 찾아오는 포장마차들을 유심히 지켜보며 저기서 파는 간식은 대체 무슨 맛일까 궁금해서 온갖 상상을 한다.

철저히 집밥을 고집했던 엄마는 길거리 음식을 사주는 경우가 거의 없었다. 식사 시간이 임박하여 집으로 가는 길에 맛있는 냄새를 맡고 슬며시 엄마 얼굴을 쳐다보면 엄마는 묻지 않은 말에 미리 대답을 했다.

"밥 먹기 전에 군것질하는 거 아니야. 못 봤다 생각하고 한 번만 꾹 참고 가면 되는 거야."

엄마는 주머니에 돈이 있을 때 길에서 등장하는 먹거리를 조심하라고 당부했다. 한 번 참으면 천 원, 두 번 참으면 이천 원을 아낄 수 있으니 엄마 손을 꼭 붙잡고 종종걸음 치며 빠르게 집으로 향했다. 그러나 사고 싶은 것과 먹고 싶은 것을 잘 참는 아이에서 어른이 되어가는 동안 내게도 길 위의 만찬들이 여전히 궁금하고 그리운 순간들이 있었다. 학교를 졸업하고 직장에 다니면서 더 이상 부모님의 허락을 받지 않고 길에서 음식을 살 수 있음에 환호했다. 이따금 허기진 배를 움켜쥐고 밤늦게 집으로 돌아가는 길에 만난 길거리표 간식은 어떤 인사보다 다정했다. 혼자 잠깐 멈춰 서서 먹고 싶은 것들을 미련 없이 골라 배를 채우는, 이토록 저렴하고 포근한 위로는 없을 거라고 마음속으로 말하곤 했다.

특히 스물여덟 번째 가을이 오던 날, 나는 임신의 기쁨과 함께 먹고 싶은 것들로 나를 채우며 바쁘게 지내고 있었다. 임신은 나에게 큰 변화의 시기였는데 가장 기억에 남는 건, 먹고 싶은 모든 것이 현실이 된다는 점이었다. 아기를 잉태한 임신부의 특권이 이토록 어마어마할 줄 몰랐다. 나의 말 한마디면 무슨 음식이든 분주하게 준비되곤 했다. 생명을 탄생시키는 능력에 더하여 먹고 싶은 걸 말 한마디로 눈앞에 가져오게 하는 능력. 그야말로 전지전능의 시간이었다.

첫 임신이었음에도 나는 임신부의 삶에 금방 적응할 수 있었다. 당시 팀 내 임신이 유행(?)하는 특수한 상황 덕분이었다. 내 자리를 기준으로 앞, 옆, 뒤 모두 임신부들이 앉았다. 시도 때도 없이 졸리지만 그 흔한 커피마저 출입할 수 없는 무독의 공간이었다. 어쩌다 보니 출산 예정일 또한 비슷하여 임신 주수별로 각양각색의 에피소드를 접할 수 있었다. 예를 들어 임신 초·중기에 두드러지는 입덧이 그러했다. 입덧이 심해 조금만 낯선 냄새를 맡아도 구역질이 나는 탓에 버스조차 탈 수 없는 사람, 안 먹던 음식만 찾으며 괴짜같이 구는 사람, 먹으면 바로 잠이 쏟아져 오후 내내 세수만 하는 사람까지.

그중에서 나는 꽤 운이 좋은 임신부였다. 입덧이 있으면 어떡하나 걱정했지만 비슷한 증상조차 경험하지 않았다. 오히려 배가 고프면 참을 수 없을 만큼 불편한 기분을 느꼈다. 마치 흔들리는 곳에서 멀미를 하는 것과 비슷한 증상이었다. 임신부들은 이것을 '먹덧'이라 불렀다. 먹덧을 시작하면 '먹는 음식'을 조심하는 대신 '먹지 못하는 상황'을 경계해야만 했다. 배불리 먹지 않고 일찍 잠이 드는 날이면 배가 고픈 나머지 깊이 잠을 이루지 못하기에 새벽에 일어나 다시 배를 채웠다. 그런 핑계로 신나게 먹고 싶은 것들을 찾아 거침없이 먹었다. 입덧으로 고생하는 임신 동기(?)들도 본인 몫까지 잘 챙겨 먹으라며 물질적, 정신적으로 열렬히 지지해주었다. 그 덕분에 매일이 방해꾼도, 죄책감도, 아쉬움도 없이 먹고 싶은 것들로만 둘러싸인 완벽한 치팅데이였다.

적어도 그날이 오기 전까지는.

그날도 복숭아 한 박스를 혼자서 거뜬히 해치우고 한가롭게 주말을 보내고 있었다. 그러던 중 익숙한 냄새를 맡았다. 코코넛 향과 바닐라 향, 그리고 갓 튀긴 밀가루 향이었다. 단단히 작정하고 똘똘 뭉친 냄새들은 보글 보글 끓는 소리와 함께 나를 유혹했다. 도저히 지나칠 수 없어 정체를 확인하기 위해 가까이 다가가니, 그것은 바로 미니 도넛이었다. 앗, 이거 내가 아는 도넛인데? 한때 동네에서 유행했던, 한입에 쏙 들어가는 크기의 링 도넛을 보고 반가운 나머지 크게 소리를 질렀다. 식기 전에 서둘러 입에 넣으려는 찰나, 갑자기 부르르 떠는 진동 소리가 귓가에 들렸다. 순간 놀라 갑자기 눈을 뜨자 눈앞에 하얀 벽지만 보였다. 아, 꿈이었구나. 복숭아를 먹고 배가 불러 잠이 들었던 거였다. 도넛이 있던 자리엔 복숭아 씨앗만 잔뜩 쌓여 있었다. 이토록 생생한 꿈이라니. 혹시 태몽인가 싶어 인터넷에 검색을 하며 '꿈보다 해몽'을 시도했지만 갑자기 만난 추억의 간식이 자꾸 떠오르는 바람에 온종일 내 머릿속은 '꿈보다 도넛'이고 말았다.

학창 시절 내가 자주 드나들던 골목에는 오래전부터 간식을 파는 작은 포장마차들이 자리하고 있었는데, 이곳 사장님들 분위기는 대체로 비슷했다. 대개 어두운 색상의 앞치마를 두르고 머리를 질끈 묶었고 빨간 페인트를 연상시키는 목장갑을 끼고 있었다. 그러다 어느 날 아파트 입구에 막 개업한 새 포장마차가 들어섰다. 진한 주황색 현수막에는 미니 도넛으로 끝나는 이름이 둥글둥글한 글씨로 쓰여 있었고, 같은 색으로 두건과 앞치마를 제작하여 입은 사장님이 행인들을 향해 외쳤다.

“새로 나온 도넛이에요. 맛보고 가세요.”

장사 첫날이라 시식용 도넛들이 가지런히 줄을 지어 놓여 있었다. 부담 갖지 말고 와서 가져가라며 이쑤시개로 도넛을 하나씩 꽂아놓은 사장님은 행인들과 일일이 눈을 맞추며 오라는 손짓을 했다. 그 손짓은 학교 끝나고 걸어오던 우리에게도 닿았고 무료 시식이라는 말에 눈빛이 매섭게 변한 책가방 군단이 뛰기 시작했다. 이를 악물고 달린 결과, 몇 개 남지 않은 이쑤시개 중 하나를 집어 간신히 도넛을 입에 넣을 수 있었다.

별 기대 없이 먹은 작은 도넛, 소스 하나 묻지 않은 빵 튀김은 예상했던 맛과 달랐다. 그간 내가 먹었던 도넛은 찹쌀로 만든 것뿐이었다. 태어나 처음 먹은 즉석 도넛은 역시나 한 번도 먹어본 적 없는 고소한 맛을 선사했다. 모양만 보면 어니언링을 닮았으나 질감은 바삭하면서 부드러웠고, 바닐라 향과 코코넛 가루 냄새가 살짝 섞여 고급지게 달콤했다. 내가 길거리에서 만난 풍미 중 단연 최고였다. 가격을 보니 즉석에서 도넛 반죽을 기름에 튀겨 종이봉투에 담은 게 천 원이었다. 시식의 기회는 (양심상) 단 한 번이므로 다시 먹을 기회를 찾아야 했다. (도넛 사 먹을) 용돈을 걸고 부모님께 조건을 내밀었다.

"이번 시험 잘 보면 용돈을 받고 싶어요."

도넛을 향한 열망은 사뭇 진지했다. 설마 했던 시험 결과는 좋았고 나는 도넛 몇 봉투를 사 먹을 만큼의 포상을 받았다. 도넛 장수를 기다리며 공부를 하고 시험을 치렀다. 기말고사를 치르고 또 중간고사를 치르고 나서야 나는 더 이상 도넛 장수가 오지 않는다는 사실을 깨달았다. 붕어빵이나 떡볶이에 익숙한 사람들이 선뜻 미니 도넛을 사기 위해 지갑을 열지 않은 탓이었다. 거센 향기를 내뿜으며 등장한 패기에 미각을 빼앗긴 나는 예고 없이 맞닥뜨린 이별 앞에서 첫사랑을 놓친 듯 아쉬워했다. 선명하게 기억하는 건 맛과 향기뿐, 실종된 도넛을 찾기 위해 필요한 어떤 단서도 내겐 없었다. 도넛의 이름조차 일기장에 적어두지 않은 건 다시 먹을 기회도 기대도 없다는 의미였다.

그렇게 완전히 잊은 줄 알았던 도넛이 꿈에 나타나면서 나의 식욕은 고장이 났다. 허기질 때면 꼭 그 도넛이 떠올랐다. 비슷한 빵이나 밀가루 음식으로는 적당히 달랠 수 없었다. 나는 결국 그 도넛을 찾아 나섰다. 세상에 존재했던 맛이니 어딘가에 단서가 있을 거라 믿었다. 일단 나만 기억하는 맛을 잘 설명하기 위해 그 맛을 아는 사람부터 찾아야 했다. 다행히 한 사람이 그 맛을 알고 있었다. 나의 오랜 먹부림 동지 S였다. S에게 전화를 걸어 물었다.

"혹시 기억나? 우리 아파트 앞 도넛 장수? 그 자리에서 튀겨서 주황색 종이봉투에 담아 팔았거든."

S는 바로 맞장구를 쳤다. 녀석을 스쳐 간 다른 간식들과 마찬가지로 S는 미니 도넛을 또렷하게 기억하고 있었다. 오히려 더 디테일한 묘사를 하며 과연 '먹'동무다운 대답을 해주었다. 문제는 S도 그 도넛 맛을 알지만 지금 그 도넛을 파는 곳은 모른다는 거였다. 20년 전 길거리에서 팔던 도넛을 찾는 게 쉬울 리 없었다. 그래도 나는 그 맛을 기억하고 있는 S가 그저 고마웠다. 어설픈 단어로 풀어도 알아들어주는 사람이 있다는 것, 과거의 내가 사

랑했던 맛을 공감하는 사람이 있다는 것이 행복했다. 물론 대화 말미에 최고조로 솟구쳐 오르는 허기를 달랠 방법은 없었지만, 과거의 맛을 현재에서 찾고 말겠다는 고귀한 미션을 온 마음으로 받아들일 수 있었다.

S와 나눈 대화를 기억하며 본격적으로 사람들에게 묻기로 마음먹었다. 고민 끝에 다음 카페에 [도와주세요] 라는 말머리를 넣어 글을 써 올렸다. 해당 도넛을 언급하며 유사한 도넛을 아는 사람이 없는지 수소문했다. 절실함이 느껴졌는지 글을 보고 그냥 지나치는 대신 혹시 비슷한 도넛일지 몰라 이름을 남긴다며 꼭 한 번 먹어보라는 댓글이 달리기 시작했다. 그때까지도 몰랐다. 이것이 수개월간 이어질 도넛 대장정의 시작이 될 줄. 그리워서 내디딘 발걸음이 만들어내는 철없는 행복이 될 줄.

[도와주세요] 추억의 미니 도넛을 찾습니다!

ㄴ 시장에서 파는 풀빵이랑 비슷해요.

이 댓글을 기억하며 일단 길에서 도넛과 비슷한 풀빵을 발견하면 무작정 다가갔다. 풀빵 만드는 과정을 지켜볼 기회가 있었는데 미니 도넛을 만드는 과정과 닮았다고 느꼈다. (요리 경력 0년에다 베이킹 경험이 전무했던 점을 고려하면, 그냥 그렇게 믿고 싶었을 수도 있다.) 임신 30주를 넘긴 뒤로 나는 튀어나온 배만큼 얼굴을 깊숙이 들이밀며 풀빵과 미니 도넛 간의 상관관계를 노골적으로 묻기도 했다. 사장님은 가루를 더 넣고 적당히 섞어 튀기면 비슷할 수도 있겠다며, 일단 풀빵부터 맛있게 먹으라고 했다. 결국 임신 38주 차에 이르러 몸무게는 급격히 우상향하며 인생 최대 기록을 달성했는데, 여기에 '풀빵 벌크업'이 한몫했음에 이견이 없다.

【도와주세요】 추억의 미니 도넛을 찾습니다!

ㄴ 올드훼션드! 던킨도너츠에서 파는 기본 스타일인데 유사한 맛이 나요!

댓글을 보고 한참을 고민했다. 도넛을 꽤 먹어본 사람들이라면 모를 리 없는 올드훼션드였다. 어떤 맛인지 알고 있었고 내가 찾는 도넛이 아니라는 것도 확실했다. 그러나 댓글을 써준 이의 노고와 정성에 감동하여 당장 던킨도너츠로 달려가 올드훼션드를 사 먹었다. 미니 도넛과는 다른 맛이지만 내가 좋아하는 취향이었다. '제가 찾던 그 맛이 맞습니다!'라고 말할 순 없었지만 도넛 추천 댓글에 매우 감사하다는 대댓글을 잊지 않고 달았다. 커피와 올드훼션드는 늘 옳다.

【도와주세요】 추억의 미니 도넛을 찾습니다!

ㄴ 하라도너츠를 먹으며 모든 도넛과 이별했습니다. 강력 추천합니다.

하라도너츠가 신촌 현대백화점에 입점했다는 제보를 받고 일본식 도넛에 희망을 걸고 찾아갔다. 이 도넛에 대해 아는 사람이 있는지 주변에 물어보았으나 누구도 몰랐기에, 정말 댓글 하나만 믿고 찾아갔다. 먹어본 맛을 좋아하는 나에게 이런 시도는 흔치 않았고, 이런 내 모습이 왠지 신선하게 느껴져 혼자 싱글벙글 웃으며 걸었다. 도넛계의 얼리어답터나 도넛을 평정하러 온 파이터가 된 것처럼 매장에 들어가 도넛 한 박스를 사서 나왔다. 토핑이 과하거나 단맛이 강하게 느껴지지 않아서 좋았다. 다만 어린 시절의 나에게 전송하기엔 도넛 맛이 너무 담백하고 고급스러워서, 새로운 도넛을 만났다는 기쁨으로 속결했다. 가지 않던 길에 들어서면 새로운 풍경을 보게 되듯, 남은 여정에서 과연 어떤 맛을 만날지 궁금했다. 아는 맛을 넘어서 알고 싶은 맛이 생길 것만 같은 생경하면서도 짜릿한 기분에 아이처럼 도넛을 펼쳐놓고 우유에 흠뻑 적셔 먹는 것도 잊지 않고.

[도와주세요] 추억의 미니 도넛을 찾습니다!

ㄴ 시판 가루로 직접 만들어보세요. 딱 그때 그 도넛 맛이 난답니다.

사실 가장 애매한 댓글이었고 일치할 확률이 거의 없다고 생각한 선택지였다. 또한 가장 마지막 선택지이기도 했다. 댓글에서 소개한 시판 가루는 이름마저도 앙큼한 '도나스 가루'였는데, 눈에 확 띄는 제품명 폰트도 압도적이었지만 제품 뒷면에 실린 레시피가 그야말로 엄마나 할머니의 요리 강좌보다 훨씬 친절했다. '5) 튀김 스텝'에 등장한 사진 속 미니 링도넛이 단번에 눈에 띄었는데 내가 그토록 바라던 그 도넛과 참 닮아 있었다. 절대로 이 믹스가 그 도넛일 리 없다고 굳게 믿으면서도, 어쩌면 시판 도넛에서 한 번도 느끼지 못한 향수를 직접 재현해보라는 신의 계시일지 몰라 쿵쾅거리는 가슴을 서둘러 진정시켰다. 도넛 한 개를 맛보기 위해 나는 무려 5인분의 '도나스'를 만들기 시작했다.

시판 가루의 힘은 어마어마했다. 튀기는 기름에서 정확히 그때 그 소리가 났다. 갓 튀긴 링도나스에 이쑤시개를 콕 박아 입에 넣는 순간, 다리에 힘이 풀려 주저앉고 말았다. 이럴 수가. 결국 너였구나. 바닐라 향이 코끝으로 들어오는 순간, 방 안을 가득 채운 향기가 걷히며 그날의 장면들이 우르르 모여 스쳐 지나갔다. 황당하면서도 허탈한 마음에 바닥에 쭈그리고 앉아 배를 잡고 키득키득 웃고 말았다. 집에서 스무 걸음이면 닿는 마트에서 산 시판 가루가 내가 찾던 그 도넛 맛을 지니고 있었을 줄이야.

만화책에서 어떤 극한의 감동을 묘사한 장면을 읽은 적이 있다. 《신의 물방울》이라는 작품이었는데, 주인공이 와인을 한 모금 입에 넣는 순간 포도나무가 끝없이 펼쳐진 와이너리가 짜잔-하고 등장하면서 동시에 포도를 채집한 순간으로 시간이 거슬러 올라간다. 수십 년 동안 발효된 포도와 장인의 삶, 바람과 햇빛, 와인 한 방울에 담긴 노고와 축복의 역사를 단 몇 초 만에 오롯이 느끼며 주인공은 와인의 깊이에 흠뻑 빠진다. 태어나서 그토록 아름답게 과장된 장면은 처음이어서 온몸에 닭살이 돋는 듯한 오글거림을 느꼈다. 동시에 한편으로는 '정말 그렇게 환상적인 맛이라고?' 되물으며 와인을 먹어볼까 진지하게 고민했다. 비록 신의 물방울을 만나진 못했지만, 수 년이 지난 후 도나스 가루로 만든 링도넛 하나를 입에 넣고 30년의 세월을 관통하며 눈물을 찔끔거린 내가 만난 게 바로 '신의 도나스'였다.

파울로 코엘료의 소설 《연금술사》에서 주인공 산티아고가 그토록 원했던 보물이 뜻밖에 아주 가까운 곳에 있었던 것처럼, 도넛은 언제나 나의 기억 속에 그리고 언제든 기억을 더듬어 만들어 먹을 수 있을 만큼 가까이 놓여 있었다.

추억의 맛은 어쩌면 적층된 기억과 장면의 새로고침을 반복하며 다른 맛으로 재해석되거나 미화되었을지도 모른다. 그 맛이 좋아서 그것과 똑같은 도플갱어를 찾으려 했던 걸까? 아니면 도넛을 입에 물면 다시 만날 것만 같은 그때의 향기와 소리, 사람들이 그리웠던 걸까?

그 뒤 어느 날 S에게 말했다. 도나스 믹스에서 비슷한 맛을 찾았지만 그 도넛은 여전히 꿈속에 있다고. 우리는 그리움을 벗 삼아 살아가는 중이라고. 여름 햇살이 하얗게 식어가는 계절마다 바닐라 향이 가득했던 달콤한 꿈을 꾸며, 끝내 그 맛을 잊지 않겠다고.

# 방구석 땅콩 놀이

고지혈증을 대하는
가장 고소한 방법

앞자리가 바뀌는 시기를 조심하라는 말이 무슨 뜻인지 몰랐다. 남편은 나보다 몇 개월 먼저 태어난 오빠로서 사뭇 진지한 충고를 던졌다. 과도한 건강 염려처럼 들려 "네네~ 사십대님" 하며 건성으로 받아치고 얼마 지나지 않아 건강검진을 받으러 갔다. 급격히 불어난 체중과 체지방과 함께 붉은색으로 표시된 숫자들이 곳곳에 돌아다녔다. 검진 결과를 일괄 배포하는 줄 알았는데 때로는 개별 연락도 준다는 걸 이번에 알게 되었다. 그것도 떡볶이에 모둠 튀김을 먹던 중에 받은 전화로.

상담사의 목소리는 또렷하고 차분했다. 갑자기 검진 센터에서 온 연락을 받을 때 느끼는 당혹감을 익히 알고 있다는 듯 말투 또한 따뜻하고 다정했다. 검진 결과는 전반적으로 양호하며 시급하게 치료를 받아야 하는 항목은 없다는 상담사의 설명은 나를 안심시켰다. 다만 고객님이 신경 쓰셔야 할 부분이 있다며 붉은색 숫자들의 정체를 설명하기 시작하면서부터 상담사의 목소리에 힘이 들어가는 걸 느꼈다. 정상 수치는 얼마인데 고객님의 수치는 이렇기에 전체적으로 이런 결과가 나왔고, 그래서 쉽게 말하면 지금 내 몸속에 흐르는 혈액은 정상인보다 많은 기름이 둥둥 떠다니는 단계로, 이걸 '고지혈증'이라 부른다고. 다행히 정상 수치보다 조금 높은 수준일 뿐이어서 앞으로 잘 관리하는 것이 중요하니 지금부터 안내하는 부분을 잘 숙지하라는 말에 나도 모르게 허리를 숙이며 대답을 했다.

상담사가 반복하여 설명한 내용은 대략 이러했다. 나쁜 콜레스테롤 섭취는 줄이고, 좋은 콜레스테롤 섭취를 늘릴 것. 체질 개선을 위해 땀이 날 만큼 운동할 것. 역시 예상한 대로였다. 대한민국 성인 중 이런 잔소리를 들어

보지 않은 사람이 있을까. 이미 주변에서 수없이 반복해 들었던 내용이기에 통화가 점점 지루하다고 느껴질 즈음, 상담사가 상담의 마무리 단계로 건강 개선을 위해 적극적으로 챙겨 먹을 음식을 일러주기 시작했다. 이 대목에서 숨죽이던 집중력이 다시 살아났다. 올리브유, 채소를 곁들인 한식, 견과류 등등. 사실 그전에 가급적 피해야 할 음식도 강조하며 일러주었으나 막돼먹은 선택적 암기로 인해 그 부분은 세세히 기억할 수 없어 챙겨 먹을 음식만 뇌에 저장했다.

'좋은 콜레스테롤. 견과류. 이를테면 땅콩.'

착한 음식 목록에서 '땅콩'을 발견하는 순간 어찌나 반갑던지. 나는 어릴 적부터 바삭하고 고소한 주전부리를 좋아해서 과자나 강냉이, 땅콩을 즐겨 먹곤 했다. 특히 땅콩은 어른들이 가볍게 술을 마실 때 자주 소반 위에 등장했다. 그럴 때마다 술자리에서 오가는 시시콜콜한 이야기를 엿들으며 아빠 옆에 슬쩍 앉아서 땅콩을 집어 먹었다. 간혹 어른들의 기분이 좋으면 은근슬쩍 들뜬 술자리 분위기를 노려 조금만 더 놀다 자도 좋다는 허락을 받기도 했다. 나는 말이 떨어지기가 무섭게 땅콩 한 접시를 챙겨 텔레비전 앞에 앉았고 오독오독 땅콩을 씹는 재미에 홀려 잠을 미룬 채 영화 속에 빠져들었다.

땅콩과 가장 잘 어울렸던 영화를 내게 묻는다면 단연코 액션 무술 영화다. 영화 비평가처럼 땅콩의 풍미와 무술 액션 사이에 어떤 철학적 연관이 있는지, 어떤 시대적 배경과 영화사적 의의가 있는지 설명할 수는 없지만, 액션 무술 영화를 꼽은 개인적인 이유는 있다. 액션 영화가 전성기를 구가하던 당시, 주말의 명화나 휴일에 방영하는 특선 영화에서 만난 최고의 액션 배우들을 자연스럽게 선망했는데, 그중에서도 비디오 스타인 홍콩 배우 성룡을 가장 좋아했다. 나를 압도하던 푸근한 외모와 날렵한 동작, 악당을 물리치고 성큼성큼 걸어가며 씩 웃는 순박한 유머. 멋있지만 너무 진지해서 어렵게 느껴지는 이연걸과 멋진 근육질 몸과 강한 힘을 가진 아놀드 슈워제네거에게서는 느낄 수 없는 왠지 모를 내적 친밀감에 그의 영화를 유독 열심히 챙겨 보았다.

영화 속 그는 화려한 검을 쓰거나 슈트를 입고 권총 솜씨를 뽐내는 액션과 다르게, 계단 손잡이 따위를 붙잡아 몸을 피하고 거리에 흔히 널린 물건이나 식당에 놓인 의자를 던지며 악당들을 물리쳤다. 주변 사물을 아끼지 않고 활용하는 초밀착 실용주의 맨손 무술의 장인답게 그는 적과 한판 대결을 하는 중에도 농담을 건네고 동료와 대화를 주고받는 여유를 부렸다. 지금도 잊을 수 없는 나만의 명장면은 눈앞에 있던 악당을 무찌르고 다른 악당을 상대하기 바로 직전, 그러니까 대략 1초(혹은 1.5초)의 찰나에 일어났는데, 그가 주머니에서 땅콩을 꺼내 손등에 올리고 다른 손으로 손목을 쳐서 (지렛대의 원리를 이용해) 땅콩을 튕겨 올려 먹는 장면이었다. 긴박한 격투 중에 땅콩을 저렇게 신박하게 먹다니. 무술과 간식을 동시에 섭렵하는 초고난도 기술에 입이 딱 벌어져 그 장면을 몇 번이나 떠올렸는지 모른다. 단 한 개의 땅콩도 놓치지 않고 입에 넣는 그의 노련함, 그리고 틈틈이 놓칠 수 없는 땅콩의 맛이 궁금해 견딜 수 없던 나는 결국 그 장면을 모사하기에 이르렀다.

성룡의 기술을 연마하기 위해 땅콩을 찾아 나섰다. 마침 베란다 구석에 모인 검은 봉지들이 눈에 띄었다. 그곳에서 발견한 땅콩은 프라이팬에 볶지 않은 날것 중의 날것이었다. 아마도 멸치볶음에 넣으려고 사둔 것 같았다.

가족들에게 걸리지 않게 조용히 땅콩을 한 줌 쥐어 방으로 가져왔다. 껍질을 까지 않은 벽돌색 생땅콩을 중지와 약지 사이 세 번째 마디쯤에 올려두고 허리를 살짝 구부렸다. 천천히 셋을 센 뒤 손목 쪽 손등을 세게 내리치는데, 아무리 해도 땅콩을 튕겨 올리기란 쉽지 않았다. 수많은 시도 끝에 손등 위의 땅콩이 입안으로 들어가는 순간, 마치 영화 속에 있는 것처럼 짜릿한 기분이 들어 소리를 질렀다.

그냥 입안에 넣기엔 아쉬운 땅콩의 친구들도 꽤 훌륭한 재료였다. 이를테면 아몬드, 오징어땅콩, 홈런볼 등은 저마다 크기와 무게가 달라서 평범하게 먹지 않는 방법에도 전략이 필요했다. 아몬드는 땅콩과 매우 유사하므로 성룡 스타일로 먹기에 좋다. 오징어땅콩은 직경이 크고 상대적으로 무겁기 때문에 손등을 사용해 먹기엔 다소 무리가 있어 '입이 큰 사람'이 위로 던져 먹는 게 유리하다. 홈런볼은 미니슈 타입의 과자 특성상 매우 가벼우므로 공기 저항에 취약하여 방향을 잘 판단해야 하는 어려움이 있지만 얼굴에 떨어져도 전혀 아프지 않다는 점을 고려해 높이 던진 뒤 받아 먹는 게 중요하다.

작은 부작용은 있었다. 온갖 주전부리들을 질리도록 던져 먹고 나니 손목이 벌겋게 부어올랐다. 급기야 어디서 심한 장난을 치다 다쳤냐는 오해를 샀지만 혼자 액션 영화를 볼 때마다 나도 모르게 계속해서 나만의 요란스러운 놀이를 즐겼다. 그 후로도 땅콩을 먹을 때마다, 땅콩이 없으면 비슷한 주전부리를 즐기며 '방구석 성룡'이 되는 날들이 이어졌다.

한때 시대를 풍미했던 비디오 스타들이 하나둘 액션 영화계를 떠났다. 얼마 전에는 '성룡 근황'이라고 검색했다가 머리와 수염이 하얗게 변한 모습을 보고 깜짝 놀랐다. 나이가 들면 액션 장면을 찍기 어려운 건 당연하지만 젊고 민첩했던 그의 모습이 너무나 익숙한 나머지 백발의 노인이 된 액션 스타가 낯설게 느껴졌다. 하지만 그 느낌도 잠시. 서둘러 추적 검사를 받으라는 문자에 걱정의 대상을 바로잡는다. 어느 인터뷰에서 성룡이 했던 말처럼, 나이가 드는 건 자연스러운 일이니 즐겁게 받아들인다는 말을 스스로에게 해본다.

요즘엔 검진센터의 권고 사항을 기억하며 매일 아침 견과를 한 봉지 챙겨 먹고 있다. 맥주 대신 탄산수를 마시고, 레드와인 대신 자몽차를 곁들이며, 안주를 담는 그릇에 땅콩을 예쁘게 담는다. 우아하게 차려놓은 상 앞에 경건한 마음가짐으로 앉아 입을 크게 벌리고 준비 운동을 하듯 고개를 돌린다. 땅콩을 먹는 시간은 내가 아는 가장 익살스럽고 유치하며 즐거운 순간이어야 하기에, 경쾌한 스냅으로 손목을 푼다.

준비가 끝나면 이제부터 쇼타임이다. 어떤 땅콩은 손등에서 데굴데굴 굴러다니고 또 다른 땅콩은 거실 천장 가까이 날아다닌다. 땅콩을 날름 받아 먹을 때마다 한시도 가만히 있질 못하는 세 살배기 아이처럼 구는 내 모습이 너무 유치하게 느껴지면서도, 한심한 나를 지켜보는 맛이 괴기스럽게 고소하다.

언제까지 그럴 거냐고 묻고 싶다가도 실수 없이 잘 받아 먹고 싶어 던지는 각도와 속도를 미세 튜닝하는 초단기 집중력은 스스로 나를 영원히 철들지 않는 땅콩만 한 꼬마로 결론짓게 만드니 대관절 이 즐거운 놀이를 놓을 수가 없다. 고민 끝에 지은 이 놀이의 이름은 '방구석 땅콩 놀이'. (대부분 바닥에 떨어뜨리기에, 사실은 '땅콩 주워 먹기'가 더 적절한 이름인 듯싶다.)

집에 틀어박혀 방구석 땅콩 놀이를 하다 혼자 낄낄낄 웃으며 땅콩 한 접시 비우고 나면 좋은 콜레스테롤이 쌓인 것 같아 조금이나마 뿌듯하다. 가끔 방구석에 희끗희끗 보이는, 미처 주워 먹지 못한 땅콩 한두 알을 찾아내는 날엔 다시 유쾌한 감각이 되살아나겠지. 나쁜 콜레스테롤을 물리치는 무적의 땅콩을 하늘 높이 띄우며 좀체 늙지 않는 액션 배우처럼 주문을 외울 거다. 레디, 액션!

# 한 접시의 돌봄

계절마다 챙기는 행복의 증거

마트에서 장을 보다 깜짝 놀랐다. 사과 한 개에 오천 원. 불과 얼마 전까지 개당 이삼천 원 남짓이던 사과 가격이 껑충 뛰었다. 먼저 와서 고르던 손님이 사과가 왜 이리 비싸냐 물으니 과일 코너 직원이 한숨을 쉬었다.

"올해도 사과 농사가 별로래요. 그래도 과일은 챙겨 먹어야 하니 조금 비싸도 가져가셔요."

조금이라도 싸게 사려는 손님과 가격이 비싼 이유를 대가며 철벽 방어 중인 직원의 실랑이를 보고 있으려니 사과 더미 가운에 놓인 홍보 문구, '비싸도 포기할 수 없는 맛 좋은 금사과'가 얄궂게 읽혔다. 몇 년 전만 해도 주택가 골목에 자주 등장하던 과일 트럭에서 사과를 사면 만 원에 열 개는 담을 수 있었는데. 간혹 과일 장수의 기분이 좋으면 사과 하나를 더 얻기도 했는데.

십 년이면 강산이 변하고 일 년이면 물가가 껑충 뛴다는 말이 맞았다. 가격 흥정에 실패한 손님은 매의 눈으로 사과를 하나하나 뜯어보았고 나 역시 오천 원을 지불해도 괜찮을 만큼 고귀한 용모를 갖춘 사과를 찾기 시작했다. 흠집이 없고 빛깔이 고우며 살짝 코를 갖다 댔을 때 은은한 향기가 나는 곱고 고운 녀석들로만 엄선하여 네 개를 담았다. 금덩어리라 그런지 장바구니가 묵직했다. 집에 들고 가기 무겁다는 핑계로 더 담지 않았지만 네 개면 내일, 늦어도 모레면 다 먹고 없어질 양이었다. 의도치 않게 비싸게 태어난 사과에게 죄를 물을 순 없지만 아무리 그래도 하나에 오천 원은 거품이 잔뜩 묻은 가격이었다. 이 문제의 금덩어리를 굳이 사 먹어야 하는지 의문이 들었다.

솔직히 말하자면 과일을 썩 좋아하지 않는다. 어떤 이는 가벼운 아침 식사 대용으로 먹고 또 누구는 과일 한 박스를 옆에 두고 종일 먹는다고 하지만, 나의 경우는 달랐다. 내가 자란 환경에서 과일은 항상 밥 한 공기 뚝딱 비우고 더 이상 먹는 건 무리라고 생각할 때 등장했다. 어른들 말씀이, 한 끼 식사를 대체할 수 있는 음식이라면 모름지기 좀 뜨끈하거나 씹히는 게 있어서 오래 속을 든든하게 해주는 면이 있어야 했는데, 그런 대용식 중에 과일은 없었다. 그런 이유로 과일은 식사가 끝날 때나 되어서야 입가심 용도로 허겁지겁 등장했고, 그것은 마치 다 끝난 공연의 커튼콜에서만 얼굴을 알리는 히든 배우처럼, 맵고 짠 반찬으로 얼룩덜룩해진 입안을 정리해줄 뿐이었다.

그러나 간혹 과일 특유의 달고 새콤한 맛과 끈적거리는 과즙은 배부른 나를 혼란스럽게 만들기도 했다. 입안으로 훅 들어오는 풍미가 신선하고 상큼해서 마치 새로운 미식의 대장정이 시작될 것만 같은 설렘을 불러일으키기 때문이었다. 과일을 한 입 베어 물면 위장의 문을 닫으려는 마음과 다시 시작하자는 마음이 뒤엉켰다. 결국 부른 배를 두드리며 한 입만 덜 먹을걸 이렇게 미련하게 또 다 먹었다며 원망하는 대상도 늘 과일이었다.

매 끼니 빈틈없이 빽빽한 미식의 경연을 지켜봐왔기에, 배부를 때 먹는 음식들이 감당해야 하는 핸디캡을 잘 알고 있다. 시장할 때 먹은 음식보다 더 화려하고 달콤하며 특색이 있어야만 기억해준다는 점도 알고 있다. 그런 점에서 과일은, 한 입 거리로 후식계를 평정하고 꿋꿋하게 자리를 지켜온 진짜 주인공일지도 모르겠다. 과일이 품은 계절의 향기와 저마다 다른 맛과 특유의 식감, 그리고 가공해낼 수 없는 천연의 빛깔은 미식의 여정을 고급스럽게 마무리하게 해주는 최고의 마법이니까. 그럼에도 불구하고 과일을 후식의 무대에 올리기 아쉬운 이유는 무엇일까.

밥을 그렇게 먹고도 과일을 또 먹는 이유를 알려준 건 할머니였다. 할머니를 따라 시장에 가면, 정육점은 지나쳐도 청과점은 반드시 들를 만큼 할머니는 과일에 남다른 애정을 드러냈다. 그래서인지 식후에 먹는 과일에도 입가심이나 후식이라는 단어를 사용하지 않았다.

"예전에 일했던 집 사모님이 다른 건 몰라도 식사 후 꼭 과일을 챙겨 먹었어. 과일이 영양제고 보약이라고."

쌀통에 쌀을 채울 때보다 냉장고 싱싱칸에 과일이 가

득 채워진 날에 할머니 표정이 더 밝아 보이던 이유도 비슷했을 거다. 할머니의 말처럼 장수하는 비결도, 부자가 되는 방법도 의외로 간단했다. 부잣집 마나님처럼 과일을 깎아 접시에 담고 믹스커피까지 손님 수에 맞춰 쟁반에 내어 갈 때마다 "차린 건 없지만 많이 들어요"라고 말하는 할머니 목소리에서는 '이 정도면 부족함 없는 대접'이라는 뿌듯함이 묻어 나왔다.

손님이 없는 날에도 비슷했다. 맨밥에 김치만 올려 간단히 식사를 해결할지라도 어김없이 과일은 등장했다. 우리 가족이 부른 배를 쓰다듬으며 뒤뚱뒤뚱 자리를 옮겨 텔레비전 앞에 모여 앉으면 할머니는 사과를 쟁반에 담았다. 할머니는 한쪽 눈은 사과에, 다른 한쪽 눈은 텔레비전에 둔 채로 사과를 깎았다. 그러면 마술처럼 돌돌돌 예쁜 껍질이 깎여 나왔다. 사과가 사람 수에 맞게 넷 혹은 여섯으로 쪽이 나면 가족들은 사방에서 팔을 있는 힘껏 뻗어 포크 낚시를 해댔다. 먹고 싶진 않은데 안 먹으면 왠지 억울한 기분이 들어, 나도 내 몫을 반드시 챙겨 입에 넣었다. 사과 씹는 소리에 드라마 대사를 놓쳐 엄마한테 묻고 아빠한테 물어 겨우 줄거리를 따라잡아도, 사과를 양보하는 건 참을 수 없었다. 드라마가 끝나서도 새콤한 사과 향이 입가를 맴돌았다. 그러면 밥 잘 먹고 후식까지 잘 챙겨 받았다는 묘한 충만함이 느껴졌다. 그런 만족감이 여름엔 수박과 참외로, 겨울엔 귤과 딸기로 제철에 맞게 교체되며 이어졌다.

돌봄의 증거로서 과일이 갖는 의미에 대해 생각해본 건 대학에 진학한 뒤였다. 지리적 거취의 운을 타고났는지 부모님 댁에서 가까운 학교에 진학하게 되었다. 덕분에 통학 전쟁이나 자취, 하숙과 관련된 고민이 없는 대신 자취에 대한 로망만큼은 가득했는데, 우연히 한 친구가 자취방에 놀러 오라고 나를 초대했다. 같이 초대를 받은 친구에게 빈손으로 가기 민망하니 뭐라도 사 갈까 묻자 단번에 돌아오는 답이, "자취방엔 과일 선물이지"였다. 한 번도 내 돈을 지불해 과일을 사본 적이 없었기에 '과일 선물'은 내게 다소 이질적으로 느껴졌지만, 친구의 강력한 권고로 딸기와 귤을 섞어 만 원어치를 샀다.

결과는 대성공이었다. 방주인은 자취를 시작하면서 새삼 그리운 게 엄마 집밥과 과일이라며, 마침 과일 깎는 칼이 없었는데 맨손으로 해결할 수 있어 더 좋다고 물

개 박수를 치며 좋아했다. 부모님과 지낼 때는 언제든 먹을 수 있는 당연한 간식이었는데, 자취생이 과일을 챙겨 먹는 건 실로 엄청난 일이라고 했다. 한정된 예산으로 밥을 제때 챙겨 먹기도 쉽지 않고, 심리적으로도 스스로에게 과일을 사줄 수 있는 다정함과 살뜰함이 있어야만 가능하기 때문이었다. 수년 뒤 가정을 꾸려 독립하면서 과일의 위상을 온전히 이해하게 되리란 걸 알지 못했던 그날부터 '과일 챙겨 먹기'의 의미는 '혼자 억울해지기 싫어서 먹는 후식'에서 '혼자서도 잘하고 있다는 응원'으로 조금 바뀌었다.

그러나 '챙겨 먹기'라는 말에서 이미 눈치 챘겠지만, 독립을 하고도 한동안 과일을 후식 보듯 굳이 차려내야 하는 것으로 여겼다. 안 먹어도 그만이라는 생각에 과일 없이 식사를 끝내는 날이 많았다. 굳이 살짝 핑계를 대자면, 퇴근하자마자 식사를 챙기는 일만으로도 저녁 시간이 빠듯했던 데다가, 시중에 영양과 맛을 갖춘 훌륭하고 간편한 간식이 많이 나와서였다. 그러다 보니 과일을 챙기는 빈도가 서서히 줄었다. 무엇을 챙길지 고민하는 대신 신경 쓰지 않는 편을 택하면 자연스럽게 멀어지는 것들이 있기 마련이었다.

◉

하루는 오랜만에 제철 과일을 사다가 씻고 있는데 인기척이 들렸다. 아이가 숙제를 하다 말고 나와 거실을 서성거리고 있었다. 무언가 필요한 게 있다는 의미였다. 그러나 나를 바라보는 듯하다 이내 딴 곳을 보고 마는 갈 곳 잃은 아이의 눈은, 무언가 속 시원히 청하지 못하고 주저하는 마음을 고스란히 비추고 있었다. 필요한 게 있냐고 물으니 딱히 없다며 어딘가 할 말을 잔뜩 머금은 채 방으로 들어가는 아이의 뒷모습이 마음에 걸려 결국 뒤따라 들어갔다.

아이는 풀다 만 수학 문제집을 다시 펼쳤다. 혹시 어려운 문제는 중간에 도와줄 수 있냐고 묻기에 흔쾌히 그러라고 답하며 시선을 창문에 두고 앉았다. 감시자가 아닌 조력자로서 이 자리에 있음을 확실히 해두기 위함이었다. 저녁 식사 시간이라 그런지 창밖 놀이터에는 아이들 소리가 들리지 않아 고요했다. 구경거리를 잃은 채 시선 둘 곳을 찾아보았지만 무딘 연필로 글씨 쓰는 소리에 자꾸만 아이 쪽으로 눈이 갔다. 사각사각. 문제집에 한쪽 팔을 올리고 다른 손으로 연필을 움켜쥔 아이에게서 낙엽 소리가 났다. 그 모습이 마치 낙엽 더미에 앉아 도토리와 잣을 까먹는 다람쥐 같다고 생각했다. 작고 두꺼운 껍질을 까느라 안간힘을 내는 앙증맞고 부지런한 손이 닮아 있었다. 숨을 죽이고 몰래 흐뭇하게 바라보는데 갑자기 아이가 연필을 책상 위에 탁 놓으며 외쳤다.

"숙제 끝!"

모처럼 엄마의 수학 실력 좀 보여주려나 했는데 그러지 못해 아쉽다고 하니 아이는 내일도 옆에 앉아 있어달라고 했다. 그러곤 말했다.

"엄마, 나도 드라마에서 나오는 애들처럼 방에서 공부할 때 엄마가 갖다주는 과일 먹고 싶어."

아이는 갑자기 말을 꺼낸 게 민망한지 쑥스럽게 웃으면서도, 그 장면에 대해서 자세히 설명했다. 드라마에서 엄마가 과일을 깎아서 공부하는 아이 곁에 다가와 쓱 내밀며 격려해주는 장면이 얼마나 보기 좋았는지, 얼마나 부러웠는지.

"언젠가 우리 엄마도 그렇게 해주면 좋겠다고 생각했어."

"그랬구나. 엄마가 몰랐어. 우리 꼬마가 방에서 공부할 때 잊지 않고 과일 깎아서 응원 갈게."

잔뜩 미안하고 놀란 마음이 다 드러날까 꾹꾹 눌러 대답하고 과일을 준비하러 주방으로 꽁무니를 뺐다. 예상치 못한 아이의 말에 갑자기 숨이 멎는 듯했다. 아이에 대해 잘 알고 있다고 자신하던 오만함에 경종이 울렸다. 차고 넘치도록 풍요롭지는 않아도 따뜻하게 입히고 든든히 먹이는 엄마이고 싶었다. 가끔 근사한 식당에 데려가 잊지 못할 추억을 만들어줄 만큼 여유 있는 엄마, 아이에게 꿈이 생기면 아낌없이 지원하는 엄마가 되려고 애썼다. 그런데 아이가 머뭇대며 말을 아끼던 그 바람이 고작 엄마가 깎아준 과일이라니. 바쁜 엄마에게 기대한 게 고작 과일 한 접시라니. 다람쥐가 꼭 껴안은 도토리처럼 그 소망이 너무 귀하면서 또 너무 소박해서 견딜 수 없었다. 작은 마음을 한 번도 들여다보지 못한 나의 가난한 눈치가 몹시 아쉬웠다. 엄마가 챙겨주는 과일, 그게 뭐 그리 대단한 거라고 해주질 못했는지. 그게 뭐 그리 어려운 거라고.

얼마 전 과일 값이 다시 오른다는 뉴스를 봤다. 화면 속 과일 코너에 금사과들이 잔뜩 쌓여 있었다. 물가는 야속하게 천정부지로 올라도 금사과를 포기할 수 없는 사람들의 얼굴이 스쳐 갔다. 그들은 아마도 그럴 거다. 흥정은 못 해도 식구들 먹일 사과는 꼼꼼하게 살피던 손님은 어김없이 또 보석을 캐듯 사과를 담겠지. 열 쪽으로 나눠 먹는 한이 있어도 식구 입에 공평하게 사과를 넣어 주고 마는 할머니는 세상 다 가진 얼굴로 활짝 웃겠지. 자취의 달인이던 친구 녀석은 지금도 과일을 먹을 때마다 엄마를 떠올리겠지.

나도 그들과 같은 마음으로 과일을 고른다. 엄마의 기척을 기다리며 엄마표 과일 응원을 기대하는 나의 아이를 위해, 때때로 입맛이 당기는 상큼한 제철 과일을 예쁘게 내어 셀프 돌봄을 하고 싶을 때, 금덩어리보다 더 빛나는 제철의 보물을 담는다. 할머니 말씀처럼 부자가 되기 위해 필요한 건, 제철 사과 한 쪽이면 충분하니까. 계절을 핑계로 그들에게, 당신에게, 나에게, 심심한 사과沙果를 보내고 싶은 날이다.

# 새해에도 루틴은 계속된다

떡국,
달력,
그리고 동그라미

12월 31일. 쓰리, 투, 원, 박수!

시뻘게진 눈으로 자정까지 버티던 아이들이 00시 00분을 환호로 맞이하는 동안, 나는 불 꺼진 방에 누워 고요한 회고를 진행했다. 사진첩과 낙서, 다이어리를 넘기며 1년 동안 쌓인 초고를 더듬었다. 제야의 종소리를 듣겠다며 부모님을 조르던 아이는 어느덧 자라, 열두 시 정각까지 딱 맞춰 기다리려고 텔레비전 앞을 지키고 선 아이들에게 일찍 자라고 채근하는 나이가 되었다. 1년의 회고는 정지하지 못한 채 내처 30년을 회고했고 황급히 모든 불빛을 끄며 눈을 감고서야 잠이 들었다.

결국 해는 떴다.

2024년 첫날, 순도 높은 백색을 갖추며 선명해진 하늘빛 흰자 위에 노른자 같은 태양이 흐트러짐 없이 온전히 떠올랐다. 말 그대로 써니사이드업Sunny side-up이다. 완숙과 반숙 사이, 완반숙을 좋아하는 내게 안성맞춤인 색감과 질감을 뽐낸다. 이 맛에 일출을 보는 것일지도.

비로소 맞이한 새해 아침. 덤덤한 표정을 짓지만 새것을 만나는 마음은 어쨌든 설렌다. 기록하기를 즐기는 나에게 연말이 다이어리를 사는 기쁨이라면 새해는 빈 공간에 첫 글자를 채워 넣는 두근거림과 같다. 밤새 쌓인 눈길에 발을 내딛는 순간처럼, 눈사람을 만들고 썰매도 타며 눈과 하나가 될 준비를 마친 아이처럼, 새해 첫 글자는 거룩한 족적이고 첫 페이지는 보이지 않는 미지의 글자로 빼곡하다. 글자를 다루기에 앞서 의식처럼 행하는 나의 목욕재계는 바로 펜 고르기. 어떤 필체를 담을지 고려하여 그립감과 색깔을 신중히 고른 결과, 0.45밀리 젤 펜으로 새해 다짐을 적어놓는데, 전화가 울린다.

전화벨 소리에도 발신자마다 고유의 떨림이 있다. 발

신인을 보는 순간 고개를 끄덕인다. 역시, 엄마다. 그리고 이어지는 용건도 예상한 그대로다. 떡국 한 그릇 먹으라고. 지금 냄비에 떡을 넣을 테니 10분 안에 오라고. 떡이 풀어져 눌어붙기 전에 도착해야만 한다고. 다이어리에 시선을 둔 채 건성으로 대답하며 전화를 끊는다. 생각해보니 매년, 매번 그랬다. 일어날 시간에 맞춰 떡을 미리 불려놓고 끓이기 전에 전화해 자식을 부르는 것. 이것이 엄마의 새해 첫 루틴이었다. 그러면 다이어리를 적다 말고 허겁지겁 대충 챙겨 입고 떡국을 먹으러 나서는 것. 이것이 또한 나의 새해 첫 끼니 루틴이었고.

친정에 도착하자마자 으름장부터 늘어놓았다.

"엄마, 나 이번엔 진짜 반 그릇만 먹을 거예요. 오늘부터 다이어트 1일이에요."

필사적으로 떡국의 양을 강조해야 했다. 그럴 만했다. 방금 전까지 새해 다짐으로 적은 '다이어트', 이 네 글자 때문이었다. 게다가 펜의 잉크도 아직 마르지 않아, 이제 막 한 걸음 내디딘 다짐의 온도가 손가락 끝에 남아 있었고, 네 글자 밑에 빨간 줄을 긋고 옆에 느낌표 방망이 두 개를 더 추가할 만큼 진심이어서. 더군다나 다짐 후 첫

날 첫 끼니가 아닌가. 결연한 내 표정을 본 엄마는 고개를 끄덕이며 배식을 시작했다. 주방에 걸린 조리 도구를 훑어보다가 가장 큰 국자를 집더니 한 대접당 두 국자씩 떡국을 담았다. 그것은 마치 나만 아는 0.45밀리 펜과 같은, 엄마의 손이 결정한 최상의 계량이었다.

각자 취향대로 소고기 고명을 올린 떡국은 사골을 오랫동안 우려내 국물이 걸쭉했다. 후추까지 뿌리니 눈길처럼 하얀 떡국은 제법 고소해 보였다. 모든 게 완벽했다. 단, 내 앞에 놓인 떡국에도 국자가 두 번 다녀갔다는 사실을 기억해야 했다. 현관에 들어설 때부터 강조했던 떡국 양을 엄마가 깜박한 것 같았다. (희한하게 엄마는 이 부분만 매년 놓친다.) 그랬다. 두 국자의 떡국. 이것 또한 매년 새해를 대하는 일과였다.

떡국 마시는 소리가 요란했다. 사실 떡국 드링킹 멤버는 지난 주말에 밥을 같이 먹은 멤버와 동일했다. 이토록 평범한 시작이라니.

새해 첫날이라 하면 전날 밤새 달려 정동진에서 일출을 보고 있거나 보신각 타종행사를 핑계로 시내에서 밤이 늦도록 술 한잔하며 얼큰하게 묵은해를 털어내야 할 것 같은데. 뭔가 특별한 장소나 사람들 속에서 요란법석을 떨 법도 한데. 매년 그렇듯 우리 가족의 새해 루틴은 요지부동 떡국 먹기다. 사실 언젠가부터 그래야 진짜 새해가 시작되는 것 같은 기분이 들었다.

해가 바뀌어도 달라진 게 없는 식구들과 복사하여 붙여놓은 듯 데자뷔 같은 한 끼를 먹으며 그래도 뭐 하나는 달라진 게 있지 않을까 기대하며 집 안 거실을 구석구석 뜯어보았다.

"어? 새로 바꿨네?"

그렇게 겨우 찾아낸 숨은 (달라진) 그림은 바로 거실 벽에 걸린 달력이었다. 할머니의 루틴이자 아빠가 물려받은 루틴은 달력 갈아 끼우기였다. 변함없는 식구들은 변함없는 집에 신년을 기념하기 위해 달력으로 설빔을 한다. 어떤 집은 계절마다 가구를 바꾸고 때때로 실내 리모델링을 한다지만 이곳은 강산이 변하는 동안 딱히 변한 게 없었다. 기억을 짜고 짜내어 겨우 끄집어낸 변화라고 해도 30여 년 전 입주하고 한 번 도배를 한 사실이 전부였다. 당시 가장 세련된 디자인이라고 야심 차게 고른 모던 벽지는 이제 '레트로 모던'이 되었고, 세월이 갈수록 '모던'은 희미해지고 '레트로'만 남아 있는 벽 한쪽을 채우는 건 사시사철 자기 자리를 지킨 달력뿐이었다.

내가 어릴 때 젊은 벽에 걸린 것은 주로 OO은행, XX동사무소, OOO상사 등에서 받은 달력이었다. 12월에 받은 달력 가운데 글씨가 크고 삽화(혹은 사진)가 밝은 것을 골라 거실 벽에 걸었다. 해가 지난 달력은 구석에 말아서 놔두었다가 색연필과 함께 세배하러 오는 꼬마들에게 건넸다. 그러면 거실 구석은 곧장 예술혼이 가득한 화실이 되었다. 아이들이 묵은 달력에 엄마 얼굴 아빠 얼굴을 그리는 동안 새 달력을 벽에 걸면 '까치 까치 설날', 그리고 '우리 우리 설날'마저 보내고 비로소 진짜 새해가 시작되었다. 올해도 그렇게 시작했듯.

부지런한 벽걸이 달력은 이미 수많은 동그라미로 빼곡했다. 병원 가는 날, OO 생일, XXX님 잔치……. 좋은 날들을 골라 표시해두고 숫자 주변에 크게 동그라미를 쳐놓으니 그 숫자만 보였다.

전자 알람을 쓴 뒤로 달력을 거의 보지 않은 데다 달력을 주고받는 일조차 줄었다. 최근, 아니 수년간 달력을 새로 걸은 기억은…… 없었다. 어쩌면 다행일지도 모르겠다. 아무도 쳐다보지 않으니 넘기지도 퇴장하지도 못한 채 게으른 반려인을 기다리며 나 홀로 시간을 움켜쥐고 있을 '해묵은 날들'에게 얼마나 미안했을지 생각만 해도 아찔하기에. 어쩌면 나에게 '특별한 날'이란 아직도 오래된 벽에서만 완성되는 촌스러운 기억일까 봐, 새 달력을 낡은 눈으로 한참 바라보았다. 동그라미 없는 숫자들을 더듬거리다 하나 골라 불렀다.

"그러니까 이날은 아무것도 없는 거지? 오케이, 그럼 이날로 해야겠네."

냉큼 펜으로 동그라미를 치고 별까지 그려 넣으니 가족이 일제히 나를 쳐다보며 물었다. 그날이 뭔 날인데? 중요한 날이야? 누가 오나? 나는 대답 대신 이렇게 적었다.

'같이 밥 먹는 날. 필참.'

다들 싱겁다는 표정으로 달력에 호들갑을 떤다며 한 소리씩 던졌다. 그러면서도 진지하게 일정을 확인하는 건 여전했다. '먹요일'을 정하는 것. 이보다 중요한 새해 루틴이 또 있을까. 새해가 와도 늘 그렇듯 우리는 함께 먹고 웃어야 하니까. 우리의 동그라미는 계속되어야 하니까.

# 풀 칼로리의 마음

에필로그

이 글을 쓸 때면 체지방이 빠지고 몸이 한층 더 가벼워졌을 거라 믿었다. 책이 나오기 전에 이만큼 감량하겠다고 적어놓은 계획에 따르면 그랬다. 낮에는 사무실에서 업무를 보고 밤에는 서재에 앉아 글을 쓰는 시간이 길어지다 보니 근육은 줄고 지방이 내 몸을 점령하려는 게 느껴져서 내린 결심이었다. 먹는 걸 좋아하는 만큼 덜어내는 일도 좋아해야 했다. 이 책을 마무리하는 날, 자신있게 먹요일을 외치기 위해, 미식 다이어터라면 당연히 받아들여야 하는 숙제라고 여기며 매일 몰래 체중계에 올랐다.

오늘도 체중계를 오르내리며 소소한 루틴을 마쳤다. 보아하니 이 글이 세상에 나오는 날까지 내가 기대했던 만큼 체지방을 줄이기란 어려워 보인다. 그럴 줄 알았다. 채우고 비우는 여정이 그렇게 간단할 리 없다. 그것은 동네 상가 게시판에 붙은 전단지에 쓰인 것처럼 '4주 만에 5킬로그램 감량'을 달성하는 것보다 훨씬 복잡하다. 단순히 맛있는 음식을 당겨 먹고 다음 날 후회하며 과거를 곱씹는 것으로 설명할 수 없을 만큼 훨씬 섬세한 과정이다. 이 여정을 가만히 들여다보면 보상심리에 못 이겨 제법 그럴듯하게 끼니를 때우는 조급함과 반복되는 폭식 뒤에 밀려오는 열패감만으로 표현할 수 없는 다채로운 감정이 숨어 있다.

먹기 위해 덜 먹고 먹기 위해 더 땀을 흘린 찬란한 날들을 적다 보니 알게 되었다. 오전에 이를 악물고 공복을 유지하며 출근길에 양팔을 크게 벌리고 뛰듯 경보를 해 온 건, 숨 가쁜 하루를 맛있고 든든하게 마무리하기 위한 준비 과정이었다고. 이를테면 이 글을 쓰는 동안 노트북 옆에 주섬주섬 펼쳐놓은 간식(커피와 단팥빵, 바나나우유)

이 하나씩 자취를 감추는 것도 같은 이유일 것이다. 커피 한 모금 마실 때마다 선명해지는 구수한 커피 친구들의 목소리. 빵을 반으로 가르자마자 팥앙금처럼 튀어나오는 인심 좋은 동네 이웃들. 달달한 바나나우유를 꿀꺽 삼킬 때마다 바나나보트를 타듯 순식간에 시간 여행을 하며 달콤한 만큼 반갑고 또 아쉬운 어린 너와 나. 새문서는 어수선한 먹부림 속에서 낡은 기억을 담느라 오늘도 애를 쓴다.

이 책을 쓰는 동안 몹시도 사랑했고 그립고 아쉬운 맛의 얼굴들을 차근차근 더듬었다. 먹요일의 기쁨을 표현하자면 느슨하고 완만한 채움이었다. 숫자에 실망하기보다는 의미와 과정을 인정하는 시간. 채우고 덜어내면서 겪는 수많은 고민을 잠시 내려놓고 맛과 소리와 향기, 그리고 그 순간을 함께하는 사람들을 껴안는 시간. 맛있는 추억은 소중한 사람을 만나고 다시 만나기 위해 헤어지는 아련함과 설렘과 그리움이 되어 일상의 틈을 메웠다. 위대한 작가를 만났더라면, 좀 더 유려한 문장을 만나게 해주었더라면 0칼로리의 날들을 통해 배운 낙관과 느린 풍요를 넘치도록 담아냈을 텐데. 아쉬운 마음에 이런저런 변명을 늘어놓지만 내가 바스콘셀로스라면 '나의 라임 오렌지 요리'를, 헤밍웨이라면 '무기 다이어터여, 잘 있거라'라고 썼을 게 분명하기에 이대로 마침표를 찍으러 가야겠다. 계속 이어나갈 0칼로리의 날들을 기다리며 언젠가, 다시, 또, 모든 무기 다이어터, 아니 행복한 미식가들에게 고소하고 풍미 가득한 문장을 전할 수 있길 바란다. 그러니까 졸렬한 글 솜씨를 빌려 당신에게 건네고 싶은 말은 이것이다. 내일은 내일의 태양이 다시 뜨고, 먹요일은 어김없이 다시 온다고. 오늘도 당신의 하루는 0칼로리, 행복은 풀full 칼로리일 거라고.